Jörg Jahn-Meyer

Shintluder

oder

DER TAG DER ABRECHNUNG

Erste Druckauflage 1-25
ISBN: 9783837017625
© Jörg Jahn-Meyer, 2008
Jörg Jahn-Meyer — Liebenau
Herstellung und Verlag: Books on Demand
GmbH, Norderstedt
Bibliografische Information der Deutschen
Nationalbibliothek
Die Deutsche Nationalbibliothek verzeichnet
diese Publikation in der Deutschen
Nationalbibliografie; detaillierte bibliografische
Daten sind im Internet über http://dnb.d-nb.de
abrufbar.

Die in diesem Buch genannten Personen waren
Bestandteil meines Lebens. Aus Gründen des
Schutzes wurden die Namen dieser Personen
jedoch abgeändert!

In einem Buch spielte ich einmal mit meinem Vater Dagmar und meiner Mutter Petra in unserem kleinen „Kinderhaushalt".

Damals spielten wir auch des Öfteren das unter kleinen Kindern wohlbekannte Versteckspiel.

Ein paar Jahre vergingen.

Versteckspielspielen war mittlerweile uncool geworden.

Jeder ging anderen Interessen nach.

Petra machte ihr Ding.

Dagmar machte auch ihr Ding, obwohl ich bis heute noch nicht weiß, welches es war.

Nur ich machte weiter.

Ich begann das größte Versteckspiel, was es je in meinem Leben gegeben hatte.

Es dauerte lange.

Es dauerte Jahre.

Man hat mich nie in meinem Versteck gefunden.

Bis ich mich eines Tages selbst entdeckt und gefunden hatte...

Sie fraß mich,
langsam aber sicher arbeitete sie sich voran.

Sie nahm mir jeden Mut
und ließ mich feige werden.

Sie wog sehr schwer,
sie wog so unendlich schwer
und vergällte mir jede Stunde.

Sie vergällte mir jede Stunde,
weil meine Gedanken kreisten,
sie endlich loszuwerden, rauszuschreien.

Sonnenschein und Lachen,
Fröhlichsein und Scherze machen,
all das fühlte sich so falsch an.

Verachtungsvoll sich selbst gegenüber,
weil man die Courage einfach nicht aufbrachte.

Verschieben?!
Verdrängen?!
Gut gemacht?!
Doch wie lang?!

In der Freude, das sie gelungen war,
tauchte es auf:
Das Gespenst der Angst!
Das Gespenst der Zeit des Lebens die verrinnt.

Sie tauchte so lange auf,
bis sie mich fast gefressen hätte,
mit Haut und Haaren,
mit Herz und Verstand,
und allem was mir jemals wichtig war!

Es war irgendwo, irgendwie und irgendwann in der Zeit zwischen Nena und Visage.

Es war irgendwo, irgendwie und irgendwann zwischen zwei Regierungen. Eine schwarze Regierung löste eine rote Regierung ab.

Es war zu einer Zeit in der Sony den ersten VHS-Camcorder in Farbe erfand.

Es wurden in diesem Jahre in der Bundesrepublik Deutschland neun AIDS-Tote gezählt.

Im Januar dieses Jahres verstarb Louis de Funes.

Eine Heavy-Metal-Band namens KISS zeigte sich zum ersten Mal ungeschminkt in der Öffentlichkeit.

Eine Band, die sich Pet Shop Boys nannte und die meine versteckte Lebenseinstellung und die Lebenseinstellung meiner Sehnsucht verkörperte wurde gegründet.

Aber auch Bands wie Modern Talking, die mich eher in den Selbstmord getrieben hätten erblickten das Licht der Welt.

Lech Walesa erhielt den Friedensnobelpreis; wer hätte zu diesem Zeitpunkt gewusst, dass er nur als Marionette diente?

Deutschlandweit wird das BTX gestartet. Ein Vorgänger des Internet welches mir in den Jahren danach viel Freud, aber auch viel Leid bescherte.

Komische grüne Männchen und Weibchen ziehen in den Bundestag. Zum ersten Mal ohne Anzug und Krawatte.

Es ließe sich viel über dieses Jahr und diese Zeit erzählen, zwischen all diesen wichtigen und unwichtigen Botschaften stand ein kleiner unscheinbarer und doch scheinbarer Scheinzwerg. Vielleicht war es auch ein Scheinriese wie er in einem anderen Buch, welches ein paar Lesern bekannt sein dürfte beschrieben wird.

Ein Sommermorgen oder ein Wintermorgen? Ein Morgen im Herbst oder ein Morgen im Frühling? Ich weiß es nicht mehr! Es war eigentlich irgendein Morgen. Es war ein Morgen, an dem ich noch nicht so stark über den Inhalt des Gedichtes nachdachte, welches diese holden Aufzeichnungen als Introduktion bedachte.
Es war also irgendein Tag. Ich habe natürlich noch die Schule besucht. Ich war ein Jugendlicher, der eigentlich die Probleme und Freuden hatte, die andere zu anderen Zeiten auch hatten, haben oder haben werden.
Ich fuhr mit meiner Honda MBX durch die Gegend, welches mir damals besonders bei der weiblichen Bevölkerung viel Bewunderung einbrachte.
Ja liebe Leserinnen und Leser! Ich gebe es zu: Ich wollte schon damals nicht so richtig deren Bewunderung finden, deshalb spielte ich damals auch nie die heilsamen Wunderkräfte dieses motorisierten Ersatzpenis aus.
Ich hatte mein eigenes Zimmer, welches von denen meiner Eltern endlich nach einem kleinen

innerhäuslichen Umzug etwas aus der Schuss- und Bewachungslinie heraus gerückt war. So konnte ich in diesem Zimmerchen Dinge lagern, die Jugendliche wenn Sie langsam erwachsen und neugierig werden mit etwas ruhigerem Gewissen verstecken und aufbewahren.

Das reichte von Zigaretten bis zu Filmchen und Bildchen, die nicht immer jugendfrei waren.

Ich war arm dran! Von Anfang an konnte ich diese Filmchen und Bildchen mit keinem meiner männlichen Freunde tauschen.

Was ich in diesem Moment noch nicht wusste ist, dass es mir für lange Zeit verschlossen sein würde, so viele Dinge nicht mit Freunden und der Gesellschaft teilen zu können.

Ich wusste auch nicht, dass ich wahrscheinlich mich selbst als Teiler und Versteher benutzen musste.

Ich wusste noch nicht, dass ich ein immerwährender Abfallbehälter für mich selbst werden würde, in denen fast 20 Jahre der gleiche, immerwährende Müll gesammelt werden würde.

Die folgenden Seiten entführen Sie in eine Welt des Versteckspiels. Ich entführe Sie in eine Welt der Intoleranz. Ich entführe Sie in eine Welt der Tränen. Ich entführe Sie in eine Welt der Worte die unterhalb der Gürtellinie spielen und die in aller Regel von Herrschaften gebraucht werden, die intellektuell unter dem Durchschnitt rangieren, die jedoch in ihren

Äußerungen korrekter und glaubwürdiger agieren und reagieren wie so manch einer von den anderen.

Damit es jedoch nicht traurig wird, auch in eine Welt des Witzes, eher der Ironie und des Sarkasmus. In eine Welt von Dummen und dummhaft praktizierter Dummheit. In eine Welt von krampfhaft aufrechterhaltendem Halbwissen. In eine Welt von langweiligen seit Jahrhunderten vor sich hin lebenden Nachbarn. In eine Welt in der man manchmal nicht weiß, wo man eigentlich gelandet ist. Man glaubt es ist ein Traum, aber in Wirklichkeit ist es die Wirklichkeit.

Eine Welt in der Homosexualität Gegenstand sämtlicher Witzeleien an Stammtischen oder Geburtstagsfeiern war.

In eine Zeit in der Toleranz nur gegenüber dem saufenden Schwiegervater, der nörgelnden Schwiegermutter oder einem Schwager gegeben wurde, der gern mal rechtsradikales Ideengut zitierte.

Aber Toleranz gegenüber einer Einstellung zum Leben und Sex?

Toleranz zur Gerechtigkeit? Toleranz zum Anderssein? NEIN! Das fand man selten.

Ich bin in diese Welt geboren,
ich such darin und finde mich doch oft verloren.
Wie man mich auch findet oder fand:
„Ist doch egal!"

Denn mir sagt mein Verstand:
Wer spricht schon vom Siegen?
Überstehen ist alles!
Denn ob ich gewinne,
oder ob ich verlier,
bleibt unerheblich im Falle des Falles.
Wir müssen alle kapitulieren!
Dann nehm ich meinen Hut und tret ab,
ich fand die Zeit auf Erden ziemlich knapp,
gemessen und bemessen an der Zeit des Universums
und der Unendlichkeit.
Ich hisse die weiße Fahne und schwenke sie hin und her,
zeige Flagge aber um sie einzuholen da reicht die Zeit
nicht mehr,
auf Halbmast bleibt sie jedoch für alle sichtbar stehn,
um dann, ganz ohne Unterschied im Wind für uns zu
wehn.
Wer spricht schon vom Siegen?
Überstehen ist alles!
Denn ob ich gewinne,
oder ob ich verlier,
bleibt unerheblich im Falle des Falles.
Wir müssen alle kapitulieren!
Denn ob ich schlecht war, mäßig oder gut, voller
Feigheit oder voller Mut,
in frischer Brise standst oder im Mief,
das ist am Ende so relativ.

Und hängt ich auch ein weißes Laken aus dem Fenster
raus,
man wickelt mich nur ein darin und trägt mich aus dem
Haus,
vielleicht wink ich dann zaghaft noch mit weißem
Taschentuch,
auf Toleranz kann ich nicht hoffen,
abgelehnt wird mein Gesuch!
Wer spricht schon vom Siegen?
Überstehen ist alles!
Denn ob ich gewinne,
oder ob ich verlier,
bleibt unerheblich im Falle des Falles.
Wir müssen alle kapitulieren!
Wer spricht schon vom Siegen?
Überstehen ist alles!
Nur eine Bedingung,
die muss ich akzeptiern.
Der Fall des Falles kennt keine Bedingung!
Bedingungslos muss ich
kapituliern!!!

Ich habe nicht kapituliert! Ich habe mir vorgenommen,
bis zum letzten Tag und ich hoffe, dass dieser noch
lange hinwähren wird, zu erleben und zu beobachten
und weiterzuführen was ich in all den vielen Zeilen
schreiben und beschreiben werde.

Erinnern Sie sich noch an damals? Nun schon im ersten Satz könnten wir eine Diskussion über den Begriff von „damals" vom Zaune brechen, welches aber in dem pränatalen Zustand dieses Buches noch nicht förderlich wäre zu diskutieren.

Trotzdem! Erinnern Sie sich noch an damals? Als Kinder haben wir viele Spiele gespielt, die uns heute gar nicht mehr bewusst sind, oder wir tun sie einfach als Blödsinn, als Kolulores ab.

Ich erinnere mich immer gerne and die Menage à trois zwischen Petra, Dagmar und mir. Schon im seichten Alter von zehn Jahren haben wir ein Spiel gespielt, das man bis heute noch spielt. Sie kennen es sicherlich auch; Kinder lieben es!

Das Spiel heißt: „Wie heißt du denn von hinten rein?"
Eva hieß Ave, Wolfgang hieß Gnagflow, Simon hieß Nomis, Gertrud hieß Durtreg, Jörg hieß Gröj, Petra hieß Atrep, Dagmar hieß Ramgad und Stoffregen hieß Negerffots und last but noch least Irmgard hieß Dragmri. Auf Englisch also drag me!

Ich denke, dieses ist nur eins der Spiele, die wir damals gespielt haben. Damals war das Leben noch ein Spiel! Wir wuchsen unbekümmert und umkümmert auf und brauchten uns eigentlich keine Sorgen um irgendetwas zu machen. Es gab täglich etwas auf den Teller, wir hatte mehr oder weniger immer was Modisches oder auch Unmodisches zum Anziehen.

Uns plagten zwar Sorgen am nächsten Tag nicht mit Freunden oder Freundinnen zum Spielen zu dürfen oder die Problematik abends mal ohne Essen ins Bett zu müssen. Aber die wahren Problematiken und Hindernisse unseres heutigen Daseins waren uns (Gott sei Dank) noch nicht so bewusst.

Wenn ich heute 30 Jahre zurückblicke, dann sehe ich alles nur als ein Spiel.

Wenn ich heute 20 Jahre zurückblicke, dann sehe ich alles nur als einen wunderbaren Reiz.

Wenn ich heute 10 Jahre zurückblicke, dann sehe ich alles nur als einen einzigen Schmerz.

Resultat: Ich heiße Sie in unserer Wirklichkeit mit all den positiven und negativen Seiten willkommen!

In den Jahren, die uns das Erwachsensein schenkten, haben wir alle Gleiches mitmachen müssen. Wir waren pleite, wir hatten viel Geld; wir haben uns verliebt und wir haben uns getrennt; wir schwebten im Zustand von ständiger Gesundheit und wir durchlebten Krankheit oder zumindest Unwohlsein.

All diesen Klimaxen werden wir wohl mehr oder minder auf den nächsten Seiten begegnen.

Lieber Leser, du....
ach, wenn ich dich nicht hätte,
ich hätt mich längst erhängt,
als Superjoergi`s Literealette   .

Was mein Mann nicht mal ahnt,
vertrau` ich dir heut an,
und wenn ich es nur könnte,
dann sagte ich diesem Mann:

Ich will der Hafen für deinen Kutter sein,
auf deiner Stulle will ich die Butter sein,
für deine Schraube will ich die Mutter sein,
ich liebe deine langen Wimpern,
würd` gern lange mit dir plaudern.

Du sollst der Stiel und ich der Besen sein,
an deinem Zapfhahn will ich der Tresen sein,
du sollst der Grund für meine Spesen sein,
und wär` ich Sänger auf einer Alm,
wärst du im Heu mein Lieblingshalm.

Beim Almabtrieb trieb ich dich vor mir her,
weil ich dich auch von hinten so begehr.

Lieber Leser, du....
es ist so gemein,
wenn ich Liebe brauche,
bin ich meist allein.
Was er nicht mal ahnt,
vertrau` ich dir heut an,
und wenn ich es nur könnte,

dann sagte ich diesem Mann.

In deinem Kasten will ich Souffleuse sein,
für deine Pommes will ich Friteuse sein,
wärst du ein Haken wollt ich die Öse sein,
und zähl ich auch schon viele Lenze,
steh ich doch auf junge Leute.

Für deinen Riemen will ich die Schnalle sein,
Und wärst du Leipzig dann wollt ich Halle sein,
in deiner Brandung möchte ich die Qualle sein,
und wär' ich Fischerin vom Bodensee,
wärst du ein Fisch in meiner Näh.
Und gäbs im Herbst schon Knospen an den Bäumen,
du bleibst der tollste Hecht in meinen Träumen.

Ihnen allen sage ich ein herzliches Hallo und
Willkommen in meinem zweiten Buch. Diese zweite
literarische Schieflage beginnt sehr sehr lustig und
amüsant. Sie wird es jedoch keinesfalls bleiben! Sollten
Sie den Titel jedoch überlesen haben, oder eher
verdrängt haben, weil er Ihnen schon gewisse Fremde
oder eigene Vorahnungen gegeben hat, so könnte ich die
tragische Lebensphilosophie schon vorweg nehmen. In
den vielen traurigen, nachdenklichen, ärgerlichen und
herzschlürfenden Stunden des Lebens sollte doch
zunächst die Freude im Vordergrund stehen.

Ich befand mich in meinem letzten literarischen Ausrutscher in der Mitte des Lebens. In der von mir so genannten Sommersonnenwende.

Seit dem ist die Forschung und Entwicklung in Deutschland weit fortgeschritten. Man kann sich von Ort zu Ort beamen! Man kann zu anderen Planeten fliegen! Man kann drei Frauen und zwei Männer zum gleichen Zeitpunkt haben! Man kann seine eigenen Hunde mit ins Bett nehmen und keiner sagt etwas! Man kann in merkwürdigen Lebensgemeinschaften leben und die Leute freuen sich sogar noch mit einem aus diesen Lebensgemeinschaften bekannt oder befreundet zu sein und rühmen sich einen solch ertragreichen Umgang zu führen. Man ist stolz einen Schwulen oder eine Lesbe zu kennen! Man freut sich wenn man Menschen kennt, die Ihre Sexualität in Swingerclubs und abgelegenen Wäldern praktizieren! Man ist geschockt wenn der Nachbar am Tisch im Restaurant raucht! Man bekommt herzinfarktähnliche Zustände wenn der Fahrer vor einem zu langsam ist! Man akzeptiert die Lebensweise seiner Nachfahren in keinster oder nur in eingeschränkter Weise.

Auf der einen Seite erfreut man sich also an Extremen, auf der anderen Seite leiten leichte Abartigkeiten und Unregelmäßigkeiten starken Unmut her!

Mein kleines Heimatdorf, mein kleiner Landkreis, mein kleines Bundesland, meine kleine Nation, mein kleiner

Kontinent, meine kleine und Ihre große Welt befinden sich in einer Schieflage.

Sehen Sie, wie schon in meinem ersten kleinen Bändchen „Schönere Zeiten" gleite ich schon wieder in der Thematik ab.

Also, wie ich sagte, ist die Welt um viele Dinge reicher geworden. Wir befinden uns in einer fiktiven Welt. Alles ist möglich! Selbst das was jetzt kommt:

Durch eine atomare Einstrahlung auf dem Weg von Liebenau nach Stolzenau passierte etwas völlig Unglaubliches! Eine Mischung aus Beamerstrahl, atomaren Blitz und einer leichten Mischung von Kuhdung und Schweineschiete traf mich auf meinem Weg zur Arbeit in einem kleinen cosmopolitischen Ort am 18. August 2007, der sich Anemolter nennt.

Durch die erhebliche Einstrahlung wurde ich sofort 39 Jahre älter und stand einen Tag vor meinem 80. Geburtstag.

Völlig unglaublich sagen Sie! Ich sag das auch!

Liebe Leserinnen, lieber Leser, liebe Freundinnen, lieber Freund: Dafür ist es ja auch Fiktion!

Anders aussehend, in einem anderen Gang erreiche ich meine Buchhandlung. Meine mittlerweile 60-jährige Auszubildende begrüßt mich wie jeden Morgen und meldet mir, dass der Titel für Harry Potter Band 32 vom Verlag heute Nacht verkündet worden ist; Harry Potter und die Geriatrie des Todes und das sie die

Geldbombe vom Vortag mit einem Inhalt von 34.000 irakischen Dinar erst verspätet zur staatlichen Zentralbank gebracht hat. Um alles zusammenzufassen: Es war nichts mehr wie es vor vielen Jahren mal war. Ich sinke in meinen Sessel und erinnere mich, wie es vor vielen vielen Jahren einmal war!

So viele Dinge änderten sich:

Raider heißt jetzt Twix!

Ganz gewöhnliche und ordinäre Auskunftsschalter heißen jetzt Servicepoints!

Schnittchen heißen jetzt Fingerfood!

Unternehmen werden nicht mehr platt gemacht, sondern downgesized!

Abteilungen werden nicht mehr aufgelöst, sondern outgesourced!

Wenn man früher arbeitslos war, ging man stempeln. Heute hat man ein Meeting mit seinem Fallmanager! Und das in der eigenen Agentur!

Apropos Agentur! Da der Buchmarkt durch die schon oben genannten Neuerungen und Fortschritte sowie der Zentralisierung von Buchketten (selbst Stolzenau hatte mittlerweile eine Halia- und Scheltwild-Filiale) immer mehr versiegte, musste auch ich mich nach neuen Tätigkeiten umsehen. Auf dem Gebiet der Nachhilfe gab es auch nicht mehr viel zu tun, da vor 20 Jahren die Schule in Niedersachsen abgeschafft wurde und die

Jugendlichen jetzt via Videobotschaften unterrichtet wurden. Noten gab es schon lange nicht mehr. So war ich nur noch bedingt in selbstständiger Arbeit und musste mich in Richtung alter Werte orientieren.

Nichtsdestotrotz eröffnete ich meine eigene Agentur. Eine Agentur für Leiharbeit. Die leiht mich hauptsächlich an Altenheime und Jugendhäuser aus, wo ich mit meinen literarischen Shows als unverbesserlicher, hoffnungsloser Optimist immer wieder gern gebucht werde. Die Reaktion der unterschiedlichen Publikume, aufgrund der unterschiedlichen Altersstrukturen, sind jedoch bei beiden nahezu identisch. Diese Reaktionen erscheinen mir jedoch mit dem Lauf der Zeit immer störender. In den Jugendhäusern sind die Handys dauernd am piepen und in den Altenheimen fiepen die Hörgeräte vor sich hin. Die Jungen lachen nicht, weil sie meine Witze und Anspielungen nicht mehr verstehen, die Alten lachen nicht weil sie sie nicht mehr hören können. Wie Sie sehen, habe ich es also in keinster Weise mehr leicht! Wie Sie sehen, stehe ich zwischen zwei verschiedenen Welten und keiner versteht mich.

Der einzige Trost ist, dass ich noch sehr gut hören kann und wenn ich wirklich mal was nicht hören will, dann schalte ich mein Hörgerät ab, welches ich seit dem 65. Lebensjahr trage.

An gewisse Dinge des Lebens erinnert man sich immer gerne. Auf der anderen Seite gibt es aber auch viele Dinge des Lebens, an die man sich nicht so gerne erinnert. Mein erstes einschneidendes Erlebnis über die Einfachheit und Inhaltsfülle eines mit besonderer Anmut erfüllten Menschen musste ich im seichten Alter von 13 Jahren erleben:

Meine Eltern nahmen mich mit nach Hildesheim! Sie werden sich jetzt fragen: „Was ist denn Schlimmes daran, wenn man mit nach Hildesheim mitgenommen wird?"

Nun, es war für mich eine Reise von einer Multikultigesellschaft in eine Parallelgesellschaft. Ich habe dort schuftenderweise mit meinen Eltern ein ganzes Wochenende verbringen müssen. Ich musste dort mit meinen Eltern, meiner Oma, meiner Tante aus Hannover, die sich schon sehr früh zur Empfängnisverhütung eine Spirale einsetzen lassen hat, eine Wohnung auflösen. Die Wohnung meiner verstorbenen Tante Henriette. In der Kurzform nannten wir Sie nur Tante Henni. Henni war eine komische Frau. Sie lebte zusammen mit einem Mann, der eigentlich gar nicht ihr Mann war. Ich glaube früher, aber auch noch heute nannte und nennt man diesen Zustand eine wilde Ehe oder eine Zweckgemeinschaft. Er war zwei bis drei Köpfe kleiner als sie und hieß Albert. Zu Albert gab es eigentlich nie viel zu sagen. Er war irre unauffällig. Zudem hatte Henni noch einen Hund der Amigo hieß. Amigo war von Beruf Pudel und muss so um die 36 Jahre alt gewesen sein. Dieser segnete exakt III Tage vor Henni`s Tod das Zeitliche.

Tante Henni und ich hatten uns, die kurze Zeit die wir uns kannten, eigentlich nie sehr viel zu sagen. Wir waren einfach zu verschieden. Ihre gesamte Lebensabendgestaltung ging mir gegen den Strich. Neben ihrem großen Faible für den Alkohol war sie auch noch äußerst unordentlich. Nach außen tat sie aber immer sehr aufgeräumt. Sie pflegte sich, trug schöne Kleider und hatte auch ein Händchen für die geriatrische Kosmetik. Nach innen, also in ihrer Wohnung, da hat sie sich zugemüllt. Die wurde allmählich zu ˆner echten Messie. Dazu war sie noch äußerst depressiv. Ständig wenn wir sie besuchten, oder sie uns besuchte, welches Gott sei Dank äußerst selten war, sagte sie zu mir: „Jörg, mein kleiner Schmackofatz! Tante Henni hat dich ganz doll lieb! Und der kleine kuschelige Amigo auch. Ich hoffe, dass ich immer lange für dich da sein kann!"

An dieser Stelle möchte ich Ihnen lieber nicht sagen, was ich auf diesen Satz am liebsten geantwortet hätte.

Auf jeden Fall fand man sie an einem Tag tot im Bett. Keiner weiß ob es wirklich Selbstmord war, ob sie eines natürlichen Todes gestorben war oder ob sie vielleicht

Albert umgebracht hatte um sich ein zusätzliches Erbe zu erschleichen.

Gut, Selbstmord mit Schlaftabletten wäre sowieso nicht in Betracht gekommen, weil sie diese in ihrem Saustall gar nicht gefunden hätte.

Zum Schluss war Tante Henni nur noch am futtern und blickte dabei auch nie über ihren eigenen Seniorentellerrand hinaus. Wenn sie Heimweh nach etwas Essbaren hatte, ging sie ein paar Straßen weiter in die Kunden- und Mitarbeiterkantine eines Möbelhauses für Selbstabholer. Dort aß sie dann Köttbullar und Mandeltorte. Ihr Lieblingsspruch war immer: „Essen ist der Sex des Alters!"

Sie glauben mir gar nicht, wie Henni zum Schluss aussah! Henni muss nur noch Sex im Kopf gehabt haben!

Wenn ich mich heute zurücklehne und die gesamten Dinge in und um Tante Hennis Wohnung reflektiere dann kommen mir nur nach langem Überlegen folgende Textzeilen über die Entsorgung von Tante Henni`s Wohnung in den Sinn. Was Henni alles aufbewahrt und gesammelt hatte! Henni konnte sich einfach von nichts trennen. Ich kann mich nur noch erinnern, dass wir von Freitag Abend bis Montag Morgen am entsorgen und wegschmeißen waren. Wir trugen den Schutt wannenweise hinaus. Dieser logistische Kraftakt kann von mir nur folgendermaßen umschrieben werden:

Entsorgung von Konsalik Romanen

Entsorgung mehrerer Herden von Schokoosterhasenlämmern

Entsorgung von hundertsieben Flaschen Franzbranntwein

Entsorgung von Haarnetzen in den verschiedensten Farbnyancen

Entsorgung von mehreren Nagelscheren, welche für Tante Henni und Rentner im Allgemeinen eine Art Tamagotchi darstellen

Entsorgung von mehreren Platteneditionen der Kastelruther Spatzen

Entsorgung eines Gobelin-Telefonbezuges

Entsorgung von dreizehn doofen Wackelpudeln und einem noch blöderen Pokemon

Entsorgung eines Weltempfängers ohne Drehknopf und Antenne

Entsorgung der vor Jahren abgelaufenen Ravioli-Spätzle-Penne

Entsorgung von achtzehn Schlafhauben aus Tüll

Entsorgung des Plastiktischcontainers für den Frühstückssondermüll

Entsorgung von neunzig Stapeln Tina, Frau im Spiegel, Der Pudelbote und Neue Post

Entsorgung eines Politpapiers zum Aufbau Ost

Entsorgung von dreizehn Schüttelkugeln

Entsorgung eines verbeulten Samowars

Entsorgung eines Bauchwegtrainers von Eduscho oder Lidl

Entsorgung einer Minidavidsstatue mit abgebrochnen Schniedel

Entsorgung von einem Hundeblinkhalsband

🗑 Entsorgung eines handsignierten Willi Forst Kalenders

🗑 Entsorgung eines verklemmten Notenständers

🗑 Entsorgung einer Makramee-Blumenampel

🗑 Entsorgung einer handgeknüpften Eule als Wandteppich

🗑 Entsorgung eines rechten rosa Flip-Flops mit einer Margerite

🗑 Entsorgung von vierundzwanzig Schachteln Kinderspielzeug von Mc Donalds

🗑 Entsorgung eines Plastikservice mit dem Konterfei von Nancy und Ronald Reagan

🗑 Entsorgung von zwölf ausgequetschten Tuben Rei

🗑 Entsorgung von einem faulen Überraschungsei

Ja, ich bin ehrlich! Diese kleine Geschichte hat wirklich so stattgefunden wie ich in den letzten Seiten darüber berichtet habe. Wahrscheinlich kann ich mich immer noch so gut daran erinnern als wenn es gestern gewesen wäre, weil dieses geriatrische Entsorgungswochenende mit einem einschneidenden Erlebnis meinerseits verbunden war.

Eine Beerdigung führt immer eine Art Leichenschau mit sich. Gott sei Dank war ich dafür viel zu klein. Also hat man mich in der Messiewohnung von Henni zurückgelassen. Um sicher zu gehen, dass ich auch ja nicht weglaufen konnte um meinen Körper in irgendwelche Klappen in Hildesheim zu transportieren, hat man mich einfach in Henni`s Küche eingesperrt und ist lange nicht wieder gekommen. Das war für mich natürlich ein Megatrauma! Eine Mischung aus Platzangst und Atemnot, weil alles so versifft roch, machte sich bei mir breit. Weil Henni in ihrer Wohnung auch noch diese alten Doppelfenster hatte, konnte ich auch nicht lüften und fiel immer tiefer und tiefer in eine Art Trance. Eine Art langen Schlaf, wie es eigentlich nur Dornröschen in dem Märchen kann. Oder war das Schneewittchen? Ich kann nicht so mit Märchen müssen Sie wissen! Aber egal. Eines ist jedoch klar! Früher, als Mama mir die diversesten Märchen am Bettchen erzählte, war in den Märchen nur immer die heile Welt. Gewiss, es gab böse Hexen, die der Prinzessin dann und wann mal was in den Kaffee oder das Äpfelchen gemischt haben. Aber es gab immer wieder ein paar doofe Zwerge oder Prinzen, die das ganze wieder zum Guten gewendet haben. Heute, kurz vor meinem 80. Geburtstag ist das Märchen zu schlimmen unzüchtigen Berichterstattungen geworden. In den letzten Jahren haben sich meine Besuche beim (ich berichtete bereits über ihn) Augenarzt schlagartig exponentiell vermehrt. Er war mir langsam zu einem gut vertrauten Freund geworden und er wurde von Jahr zu Jahr frivoler. Neulich war ich mal wieder bei ihm um mich einer Behandlung meines Grauen Stars, vielleicht war es auch ein Grüner Star zu ergeben. Bis dahin kannte ich den Star nur als Vogel sagte ich ihm. Er hat natürlich aufgrund der oben genannten Frivolität wieder mal was von vögeln verstanden und fing wieder mit seinen altmodischen Märchen vom Schneeflittchen und Konsorten an.

Nun, das Alter war auch nicht an ihm vorbei gegangen und nach meinen ersten Hochrechnungen musste er auch schon so um die 98 Jahre alt sein. Er fing wieder einmal von der Schlampe an zu erzählen, die vor langer Zeit bei ihrer Alten lebte.

Wie jedes Mal schickte sie die Mutter auf die Straße um Geld anzuschaffen und um Koks zu besorgen. Die Mutter war natürlich wie immer eifersüchtig auf ihre Tochter, weil sie viel krasser als sie war. So redet übrigens mein Praktikant immer, der in meinen Buchhandlungen neulich sein 25-jähriges Praktikantenjubiläum feierte.

Auf jeden Fall war die Mutter eifersüchtig und hat kurzerhand einen Schläger auf ihre Tochter angesetzt, der ihr einfach das Licht auspusten sollte. Die Mutter wollte natürlich einen Beweis für diesen Mord haben. Nichts einfacher als das: Der Schläger sollte einfach das Silicon der Tochter als Beweis mitbringen. Die Tochter war jedoch nicht dumm, denn sie war damals bei mir in der Nachhilfe. Sie wusste mit einer unsäglichen Eleganz den coolen Chacka zu umgarnen, sodass er sie einfach wieder laufen ließ und ihr zudem auch noch über den üblen Plan der Mutter berichtete. Somit wusste die Schlampe von den Intrigen ihrer Mutter und suchte sich erstmal ein Versteck, welches recht leicht erschien.

Nach einem kurzen Gang durch das Ghetto Stolzenaus fand sie sehr schnell ein Versteck. Jemand hatte vergessen die Tür abzuschließen. In dem Haus fand sie sau viel Shit, Koks, Heroin und anderen Dreck. Wenn ich noch mal in die Vergangenheit abgleiten darf, so muss ich feststellen, dass die Wohnung von Tante Henni immer noch nicht ausgeräumt gewesen sein musste. Hm... ist schon komisch! Egal!

Sie nahm erstmal 10 Gramm Shit und knallte es sich hinter die Binde. Nach dieser für sie doch harten Aktion chillte sie erstmal `ne Runde ab. Nach einigen Trips, die sie an diesem Tag und Abend noch durchführte kamen die sieben Crackgangster endlich nach Hause. Schneeflittchen war völlig zugekifft. Sie war voll dicht.

Sie war voll auf dem Trip. Sie sah doppelt. Sie hätte eigentlich zum Augenarzt hinmüssen. Aber sie war nicht wie ich privat versichert und hätte sonst stundenlang dort warten müssen. Man gut, dass ich immer sofort dran komme!

Naja, auf jeden Fall kamen die sieben Crackgangster in die Wohnung und checkten erstmal cool das Terrain ab!

Madame hat sich natürlich erstmal so voll krass versteckt und die phätten Abchecker sagen hören: „Wer hat meinen halben Joint geraucht?"

Ein anderer sagte: „Wer hat denn da meinen Schnee geschnauft?"

Ein weiterer sagte: „Wer hat mein Fixbesteck gebraucht?"

Ein vierter rief entsetzt: „Ey, Alda! Da liegt ne Ische! Wer hat Bock von euch `nen Rohr zu verlegen?"

Von dem Gebrüll was darauf folgte, erschrak die Ische so, das sie rief: „Hey Jungs! Was geht bei euch?"

Der fünfte Cracker sagte: „Du hast unseren halben Vorrat verbraucht. Dafür kannste ordentlich hier mal die Wohnung für die nächsten Monate in Ordnung bringen.

Jeder Tag war seit diesen Worten wie der andere und sie putzte das Haus immer sehr zuversichtlich.

In einer Parallelwelt recht unweit von der Putzwohnung der Ische stand ihre Alte vor einer Pennerin und fragte diese ständig: „Alte, Alte bin ich krass, wer ist die Schärfste im ganzen Ghetto?" Die Pennerin antwortete: „Du bist doch schon ganz schön krass mit deinen Schnitten, doch Schneeflittchen hat viel größere Taschen!!!" Die Olle wurde natürlich sofort voll krass eifersüchtig und ersann wieder einen Plan das Schneeflittchen umzubringen, doch das funzte nicht so richtig. Bis ihr eine voll krasse Idee kam. Sie verkleidete sich einfach, damit ihre geile Tochter nicht checken konnte, was geht und ging zum Lager der sieben Crackgangster. Sie schenkte ihrer Tochter ein halbes Kilo pures Heroin. Sie sagte einfach zu ihr: „Schatz, es pfeffert nicht so prall, du kannst alles auf einmal nehmen!"

Schon nach der ersten Spritze hatte das Schneeflittchen eine Überdosis und tickte voll geflasht ab. Die Alte lachte sich ins Fäustchen und machte 'ne Fliege. Als die Crackgangster von ihrer Tour nach Hause zurück kamen, sahen sie Schneeschnittchen völlig breit auf dem Boden liegen. Die Crackgangster dachten, sie wäre tot und wickelten sie in eine Plastiktüte, danach warfen sie sie auf einen Schrottplatz, weil sie keinen Stress mit den Bullen haben wollten.

Dann kam der Killer aus dem Viertel zu ihr, sah sie an und lutschte sie erstmal 'ne Runde durch. Noch vom Aufprall auf den Schrottplatz angeschlagen, fing die Tusse an, den armen Kerl vollzureyern. Der Stoff war damit aus ihrem Blut. Von diesem Tag an hingen die beiden nur noch zusammen rum. Und wenn sie nicht gestorben sind, dann kiffen sie noch heute.

Ja, lieber Leserinnen und Leser, liebe Freundinnen und Freunde! Jetzt glotzen Sie das ich hier so was zu Papier bringe. Is doch schon recht heavy! Der eine ist jetzt empört, der andere ist jetzt beleidigt, der eine hat sich wahrscheinlich beim Lesen ein Loch in den Magen gelacht und der andere liest diese Passage seinen kleinen Kindern vor, die dann nicht darüber lachen können, weil es sich um ihr Standardvokabular handelt. Wie sie sehen, so verkommen ist die Sprache im Laufe der Jahrzehnte geworden.

War nur mal ein Schocktest für Sie, damit Sie mal wieder zum Nachdenken kommen.

Ich hoffe zudem, dass Sie sich auf den ersten Seiten ein wenig amüsiert haben! So haben sie es bis zu diesem Zeitpunkt auf eine angesehene „Betriebstemperatur" gebracht. Hat doch auch was!

Zudem konnten wir mal sehen, welche zermürbende Wirkung Drogen haben.

Wie sie bereits feststellen, bin ich kurz vor meinem 80. Geburtstag, senil und schreibe hier Zeugs, welches man nicht mehr so ganz nachvollziehen kann.

Es wird wohl doch Zeit, dass ich langsam ins Altersheim gehe!

Liebe Leserinnen, lieber Leser, liebe Freundinnen, liebe Freunde. Toll wie lustig der Jörgi wieder mit Ihnen in diesem Buch ist! Schön das ich Sie erheitere!

Toll, dass Sie mitlachen, mitschunkeln und so beschwingt sind. Sie glauben mir, sie vertrauen mir, sie freuen sich mit mir an meiner lebenslustigen Person.

Dann wird es Zeit!

„Wofür wird es denn Zeit?", werden Sie fragen. Sollte das Buch schon jetzt zu Ende sein? Sollten wir jetzt schon mit dem Lesen fertig sein? Nein, beileibe nicht!!!

Es begab sich zu einer Zeit, da war ich nicht so lustig wie in den letzten Seiten. Ich lebte in einer anderen Welt. In einer Welt voller Lügen, voller Vorurteile. In einer Welt voller Kleinkariertheit. In einer Welt in der man jeden Samstag den Rasen mähte. In einer Welt der Geheimnisse der anderen gegen mich. In einer Welt der Geheimnisse meinerseits gegen die anderen. In einer Welt des Versteckspiels. In einer Welt der heterosexuellen Werte.

Ich ließ es in meinem ersten Buch hier und da schon andeuten, wie es damals so war.

Liebe Leserinnen, lieber Leser, liebe Freundinnen, liebe Freunde. Ich heiße Sie literarisch wie real in dieser Welt recht herzlich willkommen. Viele der kommenden

Zeilen mögen weiterhin für sie lustig und amüsant sein. Fakt ist, das ich Ihnen kurz vor meinem 80. Geburtstag über meine persönliche Hölle auf Erden berichten werde. Von Anfang an bis zur Wiedergeburt:

Ich hab es damals gemerkt. Ich hab es damals gewusst. Ich hab es damals gefühlt. Ich wusste es für mich, doch keiner wusste um mich. Keiner sah mir ins Herz. Keiner sah mir bei gewissen Vorkommnissen in die Hose. Jeder lachte über die, die so fühlten wie ich. Ich machte ihre Witze mit. Ich lachte mit ihren Witzen. Nur für das Nichterkanntwerden. Das brennt ins Herz. Das macht einen mürbe. Das macht einen kaputt. Ich habe anderen das Leben kaputt gemacht. Ich habe auch anderen schöne Zeiten des Lebens genommen. Die Gesellschaft um mich herum hat mir damals die schönsten Zeiten des Lebens genommen.
Bis zu dem Tag wo ich den anderen endlich eine schönere Zukunft geben musste und ich mir ebenfalls die schönere Zukunft gegeben habe.
Damals fing es an und ich garantiere es wird nie wieder aufhören!

Da unten im Tale,
da läuft das Wasser so trübe!
Und ich kanns euch nicht sagen,
hab Männer doch mehr lieb!

Ihr spracht ja immer von Liebe,
und immer von Treu.
Und ein bisschen Falschheit,
war auch immer dabei.
Und wenn ich euch zehnmal sag,
das ich Männer liebe,
und ihr wolltet es nicht verstehn,
muss ich halt weitergehn.
Das du mich mal geliebt hast,
dafür dank ich dir schön,
und ich wünsch, das dirs anderswo,
besser mag gehen.
Mein Leben war damals in einer Weise,
wie eine lange orientierungslos orientierte Reise.
Ich reiste innerlich allein.
mal war ich der Normaloheld
mal war in meiner herbeigesehnten Welt.
Ich wollt mich nirgends binden,
die, die ich zurückließ,
können mich nicht finden.
Ich reiste allein,
hauptsache fort von hier,
denn ich sah ein:
Das das Versteckspiel vorbei ist,
vom Glück zu zwein.
Ich reiste ab jetzt allein.
Ohne Reiserücktrittsversicherungsschein.

Ich reiste allein!
Ich reiste allein,
manchmal nach Ost,
aber meistens nach West!
Ich wollte selten halten.
Mein Herz schlug immer sorgenvoll Sorgenfalten!
Ich reiste allein,
hauptsache fort von hier,
denn ich sah ein,
dass mein erstes Leben aus ist,
war wohl zu klein:
Ich reiste allein.

Tja, und da auf dem Bild bin ich nun endlich. Ich mit meinem kleinen Kuschelhasen. Es war wohl Ostern. Obwohl dieser kleine Hosenmatz eigentlich nicht Gegenstand dieser netten Geschichte ist. Ebenfalls hat er im seichten Alter von zwei oder drei Jahren auch noch nicht das erlebt was er Ihnen erzählen will. Er wuchs auch sehr wohlbehütet in einem wirklich liebenden und engagierten Elternhaus auf. Seine Zukunft schien zu diesem Zeitpunkt als sehr gradlinig und gut vorbereitet und vor allem bestimmt zu sein.

Somit nahte der Tag, an dem er so dreizehn oder vierzehn Jahre alt war. Mit einem seiner Freunde (Dagmar und Petra waren mittlerweile abgeschrieben), der sich Roland nannte mal wieder spielte. Wir haben in seinem Zimmer Mann und Frau gespielt. Und (wie das nun mal so ist) den sexuellen Akt (natürlich in Kleidung) nachgeahmt. Und komischerweise hat es ihm Spaß gemacht. Es war schön, obwohl er eigentlich schon sexuell auf das weibliche Geschlecht hätte ansprechen müssen.

Ich wusste innerlich sehr früh, dass ich schwul war. Bei Schwulen ist es in aller Regel immer so, dass das innerliche Outing problematisch ist. Nach außen geht es eigentlich immer schnell. Bei mir war es genau umgekehrt.

Das Interessante an der ganzen Angelegenheit war, das ich eigentlich damals vor dem was gleich kommt den Schritt hätte wagen sollen. Vielleicht wäre mir dann vieles erspart geblieben! Die Welt in der ich lebte war ohne Zweifel sehr sehr fürsorgend. Aber sie agierte und reagierte nach alt eingesessenen Klichees. Freunde und Bekannte (meine Familie schließe ich davon ausdrücklich aus) machten nur Witze über Schwule. Es wurde gelästert. Die Anormalität wurde immer besonders in Form von Geschichten und Widerwärtigkeiten hervorgehoben. Um es auf den Punkt zu bringen: Die sexuelle Ausrichtung wurde einem geradezu aufgezwungen.

So begab es sich, dass ich mich in diese Welt herablassen musste. So warf ich mich in diese Welt. Ich setze mich auf meine Achtziger (für die Unwissenden ein Motorrad, welches höchstens achtzig Kilometer pro Stunde fährt) und erkundete mit meinem Freund (über den ich im letzten Buch kurz berichtete) die Frauen- bzw. die Hetenwelt.

In einem kleinen Dorf, ca. 2 Kilometer von Rinteln entfernt, gab es alle zwei Wochen eine Schülerdisko. Schon allein durch meine schöne „Maschine" und durch mein damals noch relativ gutes und anbetungswürdiges Aussehen erntete ich vor allem das Interesse der weiblichen Bevölkerung. Obwohl ich schon hier gestehen muss, das ich eher das Interesse der männlichen

Bevölkerung geerntet hätte. Aber das ging wohl damals in einem nach Werten orientierten Land noch nicht. Die Gesellschaft war einfach noch nicht soweit. Egal. Ich nahm mit Klaus alle zwei Wochen an diesem jugendgesellschaftlichen Ereignis teil. Man tanzte und hatte seinen Spaß. Und so kam es automatisch, dass man die Blicke der Damen, hier eher der jungen Mädchen auf sich zog. Tanja hatte ein Auge auf mich geworfen. Sie war nicht unbedingt die Schönste und die Schlankeste. So wie man sich es eigentlich vorstellte. Als „Alibi" hatte es wohl gereicht. So knutschte man schnell miteinander rum und es kam auch zu Sex. Sex mit Frauen hatte mir vom ersten Moment an nicht gefallen. Es hat einfach keinen Spaß gemacht. Warum nicht? Nun, das würde ich hier gerne schreiben, aber dann müsste ich dieses Buch als nicht jugendfrei einstufen lassen. Ich denke, sie sind alle erwachsen genug um es sich zu denken, wenn Sie annähernd intelligent denken können.

So begab ich mich just an diesem Tage in eine Spirale des Lebens, aus der ich nur sehr schwer rauskommen konnte. Tanja war verliebt in mich, das habe ich gemerkt. Sie hat mir (wie man das in dem Alter nun mal so macht) Liebesbriefe geschrieben, kam jeden Tag vorbei. Sprich, sie war nach außen hin fester Bestandteil meines Lebens geworden. Und ich habe diesen Bestandteil einfach so hingenommen und habe mich nicht dagegen gewehrt. Die Beziehung wurde immer enger und ich konnte nicht die Welt dagegen tun. Gut, in Ihrer heutigen Argumentationsweise sagen Sie: „Du hättest doch sagen können, dass du schwul bist." Oder: „Du hättest doch einfach Schluss machen können."

„Klar!" sag ich. Das ist wohl wahr. Ich machte es aber nicht, weil ich mich nach außen hin einfach nicht traute. Es war einfach zu schwer. Also lief alles so weiter wie es angefangen hatte.

Die Jahre vergingen wie im Flug. Ich verpflichtete mich für vier Jahre bei der Bundeswehr. Diesen Werdegang mit all seinen positiven und negativen Schattierungen beschrieb ich ebenfalls schon in meinem ersten Buch. Ich wurde eingezogen zur Grundausbildung! Zum Luftwaffenausbildungsregiment nach Essen im kleinen Ortsteil Kupferdreh. Dort, unter Männern fühlte ich mich wieder erheblich wohler. Die Woche von Montag bis Freitag war für mich Wochenende. Die Tage Samstag und Sonntag waren für mich Werktage. So hart klingt das zwar, es war aber so. Nach der Grundausbildung in Essen verschlug es mich also wieder in die Heimat. Dort bekam ich einen Dienstposten in Wunstorf, welches nicht unweit von Rinteln entfernt war. So konnte ich jeden Abend nach Hause fahren, welches für meine Freundin Tanja auch erträglicher war. Ich hätte am liebsten in der Kaserne übernachtet. Aber so ist es nun mal: Ich bin ein Mensch, der es immer gerne allen Menschen recht machen muss.

Daran hat sich nicht viel geändert. Bis zum heutigen Tag übrigens nicht. Und ich bin ein Mensch, der über dieses Verhalten immer wieder stolpert und letztendlich immer wieder verliert.

Naja, egal! So kam eines Tages die Nachricht, dass ich dienstlich in die Vereinigten Staaten von Amerika zu gehen habe. Spätestens an diesem Tag begann das Desaster. Einen Tag später stand Tanja bei mir mit einem Heiratsantrag auf der Matte. Ich weiß heute selbst nicht warum ich „JA" gesagt hatte. Ich denke ihrerseits war dieser Antrag eher existenziell implementiert. Sie wusste, (da sie nicht die unbedingte Schönheit war, aber was bedeutet auf der anderen Seite schon Schönheit) dass sie wohl so schnell keinen anderen, oder vielleicht besseren Stecher bekommen würde. Und somit ergriff sie diese Chance. Zumindest sei deshalb schon mal hier die Begründung für ihr Verhalten akzeptiert. Nur ich grübele immer noch an meinem „JA" herum. Ich frag mich heute, so viele Jahre danach: „Jörgi, warum hat du „JA" gesagt. Was hat dich da eigentlich geritten?

Alles ging rasend schnell! Zwischen „JA" und „AMERIKA" lagen gerade mal drei Wochen. In der Woche war ich nicht da, weil ich in Klosterlechfeld schon wieder auf Lehrgang war, und am Wochenende waren nur noch Planungen für meinen Wegzug nach Amerika und vor allem für die Hochzeit angesagt.

Heute kann ich offen sagen, dass es für mich keine schöne Zeit war. Der dienstliche Druck, der Druck der Organisation der Hochzeit aber vor allem der innere Druck im Herzen, das ich zu etwas „JA" gesagt hatte, was ich im Endeffekt gar nicht wollte, beherrschten und erschwerten mein Leben extrem.

Meinen Eltern war die Sache irgendwie nicht geheuer. Sie redeten mit Engelszungen auf mich ein, nicht zu heiraten. Ich wäre noch zu jung und ich hätte den wichtigsten Teil meines Lebens noch vor mir. Ich könne noch soviel erleben. Ich könne noch soviel Spaß haben. Sie hatten völlig recht, aber ich machte bei meinem großen selbst gebauten Fehler fleißig mit.

Ich suchte mit Ringe aus, gestaltete an dem Hochzeitsessen und an der Hochzeitstorte.

Ich machte all das und machte all das mit, was ich besser nicht hätte machen sollen.

Ach ja, und dann gab es noch meine Schwiegereltern auf die ich wohl erst viel viel später hier eingehen werde und muss. Tanja war zu dem Zeitpunkt 17 Jahre alt. Sie war nicht einmal volljährig und die Aktionsweise meiner zukünftigen Schwiegereltern war eine eigenartige Mischung aus Jubilieren und Vorsicht. Engagement herrschte auch bei ihnen vor. So passierte es am 19. Mai 1989, dass ich zum ersten Mal in meinem Leben in den heiligen Stand der Ehe einstieg. Der eigentliche rechtliche Akt ging sehr schnell zu Ende.

Freunde und vermeintliche Freunde kamen, um mit Reis und anderen Lebensmitteln nach uns zu werfen. Viel interessanter war die eigentliche Hochzeitsfeier im Hotel Mannheim. Dort passierte auch nicht viel mehr als bei allen anderen Hochzeitsfeiern.

Vorspeise: Rintelner Hochzeitssuppe

Hauptspeise: zweierlei Braten mit Gemüse, für die altmodischen mit Salzkartoffeln, für die Querschläger mit Kroketten

Nachspeise: Vanilleeis mit heißen Kirschen und Waffeln

Es folgten die üblichen Dinge: Diffamierende, beleidigende und langweilige Spielchen mit dem Hochzeitspaar, Hochzeitstanz zum Schneewalzer, Anschneiden von mehrfachstöckigen Torten, Entführungen von Bräuten (ich tat mich sehr sehr langsam im Wiederfinden) sowie die schon wohl seit Jahrhunderten feststehenden Gedichts- und Aufführungsorgien von Verwandten und vermeintlichen Verwandten.

Eine normale Hochzeit endet für das Brautpaar in aller Regel gegen ein Uhr im Hochzeitsbett. Meine endete darin, dass ich gegen 6 Uhr morgens nach Hause kam, Madame schon schlief und ich sternhagel besoffen war.

Am 23. Juni 1989 flog ich dann nach Amerika. Am Flughafen begrüßte mich mein Vorgänger im Dienstposten. Sein Name war Michael. Meine ersten

Tage verbrachte ich in einer kleinen Pension in Washington D.C. die Marietta gehörte. Dort war es wie zu Hause bei Mama. Marietta war eine Dame im Alter von ca. 55 Jahren, die einen jeden Wunsch von den Augen ablesen konnte. Nach Dienstende kam Michael mit seinem Freund Robert vorbei und man saß auf der Veranda oder unternahm nette Dinge in der Hauptstadt der Vereinigten Staaten von Amerika.

Ich fühlte mich so allein, und vor allem in männlicher Umgebung wieder sehr wohl. Meine Telefonate nach Deutschland und zu Tanja konnte ich mangels Zeit und mangels Geld auf das Notwendigste einschränken.
Die Welt ist nun mal klein und ich lernte auch bald die Wohnung von Michael kennen, der mich mit der Information versorgte, dass er mit einem Mann zusammenleben würde und nicht mit einer Frau.
Dies freute mich natürlich und ich unternahm in der Zeit in der ich noch alleine in Amerika war viel mit den beiden. Nicht das ich erzählt hätte, dass ich schwul bin. Trotzdem war es für mich eine der angenehmeren Zeiten. Am 1. September 1989 kam Tanja dann nach, und wir bezogen eine Wohnung in einem dreizehnstöckigen Wohnhaus in der 4710 Bethesda Avenue. Im gleichen Stockwerk in dem Michael und Greg wohnten. Tanja war auch sehr früh klar, dass die

beiden ein Paar sind und auch sie unternahm mit den beiden viel.

Ich denke mal, so lange in der eigenen Umgebung keine Schwulette ist, solang kann man mit ihnen auch Spaß haben. Ich denke mal, dass das ihr Gedankengang war. Wenn sie zu diesem Zeitpunkt schon gewusst hätte, dass der „Feind" mit in ihrem eigenen Bett schlief?

Interessant ist es, dass ein großer Teil der Bevölkerung heute immer noch so denkt. Die Meinungen über Schwule sind heute in mehrere Gruppen geteilt:

Da ist zum Einen erstmal die sogenannte Hassgruppe. Diese sind logischerweise heterosexuell, wohnen brav in einer langweiligen und problemlosen Umgebung. Sie haben es gut. Sie haben eine Job, sie kommen tagtäglich nach Hause. Der Herr des Hauses trägt auf Geburtstagen und Bierfesten Halbschuhe, eine Jeans und ein Karohemd, welches im Sommer sogar kurze Ärmel hat. Man hat in aller Regel ein eigenes Haus, einen Hund oder eine Katze und frönt an jedem Wochenende, sofern es denn im Sommer ist, der fröhlichen Gartenarbeit. Man fährt einen Opel, VW oder Ford. Man ist im Fußballverein, im Skatverein oder DEM Normaloverein schlechthin: Die Freiwillige Feuerwehr.

Im Durchschnitt wechselt die Wohnzimmereinrichtung alle 8 Jahre, die Küche wechselt alle 15 Jahre und die heimliche Freundin wechselt alle drei Monate.

Man ergötzt sich an Veranstaltungen, die sich Geburtstagsfeier schimpfen. Die Nachbarschaft hängt zum 1-jährigen, 2-jährigen, 5-jährigen, 7 ½-jährigen, 10-jährigen, 12 ½-jährigen und vielen anderen Ehejubiläen komische Dinge an Haus und Hof auf.

Söhne fegen auf Dorfplätzen, in Bahnhöfen, vor Rathäusern oder anderen Plätzen, die sich zur öffentlichen Zurschaustellung eignen komische Dinge zusammen.

Man fährt jedes Jahr einmal in den Urlaub. Vorzugsweise nach Mallorca, Teneriffa, in den Schwarzwald oder an die Nordsee.

Man lebt dort in Ferienhäusern wo die Herrin des Hauses dort die gleiche Arbeit hat wie zu Hause auch.

Man ergötzt sich an Alltäglichkeiten, die man zu Hause auch hätte haben können.

Wieder zu Hause angekommen beprahlt man die Freunde und Nachbarn mit den Ergebnissen des äußerst spannenden Kur- und Urlaubsaufenthaltes. Man reicht Bilder herum, man veranstaltet Dia-Abende, man bringt sogenannte Mitbringsel aus den jeweiligen Urlaubsorten mit, die sowieso in Japan oder anderswo hergestellt worden sind.

Besonders aber erkennt man ihre Verhaltensweisen beim Einkaufen. Spielen tut meine kleine Geschichte in einer ganz normalen Ehe zwischen Mann und Frau. Eine Ehe, wie sie überall hier, bei Ihnen oder anderswo vorkommen kann. Auf jeden Fall sitzen der Mann und seine Frau, die sich beide schon in fortgeschrittenem Alter befinden, freitags beim Mittagsmahl. Es wird also sehr üppig eine deutsche Speise, namens Kartoffeln und Sauerkraut aufgetischt. Am nächsten Morgen, logischerweise ein Samstagmorgen, steht der Wochenendeinkauf an.

In meiner Vergangenheit war das auch immer so. So haben wir vorab schon mal wieder ein typisches stereotypisches Verhalten heterosexueller Paare heraus gefunden.

Obwohl: Mein Mann und ich machen das auch so. Nur das die gesamte Belegschaft des Supermarktes mit Innovationspreis immer wieder glücklich ist, wenn wir wieder weg sind.

Auf jeden Fall fahren die beiden zum Supermarkt. Plötzlich ist das ultimative männliche Verhalten zu sehen: Er sagt zu ihr: „Liebling, jetzt geh mal schön allein in den Supermarkt. Ich bleibe hier solange im Auto und warte bis du fertig bist. Aber mach nicht wieder so lange."

Sie geht also alleine in den Supermarkt und hat wie jedes Mal so einen Kropf, weil er immer beim Wochenendeinkauf im Auto sitzenbleibt. Da macht das Einkaufen gleich wieder doppelt so viel Spaß.

Vollkornflocken für die Bratzen, Broccoli und Vollkornbrot. Auf jeden Fall arbeitet sie sich so durch die Regale, also sie plötzlich bemerkt, dass das Sauerkraut am Vorabend nicht wirklich eine gute Idee gewesen ist.

Spätestens an dieser Stelle muss ich mich bei Ihnen als unvollkommen outen. Mit Naturwissenschaften habe ich es nicht so besonders. Physik, Chemie und Biologie waren früher in der Schule und auch heute in meinem täglichen Leben nicht meine Stärke.

Umso schwieriger wird es nun für mich ein biologisches Thema sachlich und verständlich rüber zu bringen:

Ein plötzlicher Schmerz durchzuckte ihren Verdauungstrakt und sie denkt schon, sie geht kaputt.

„Och!", denkt sie. „Och nee!"

„Hoffentlich ist an dieser Supermarktkasse jetzt nicht soviel los."

Ein jeder von Ihnen kennt die eben beschriebene Situation und ich frage Sie:

Wann haben wir schon mal nicht erlebt, dass in solchen oder ähnlichen Situationen nichts an der Supermarktkasse los ist.

Immer dann stehen da tausende von Rentnern, die die ganze Woche Zeit zum Einkaufen gehabt hätten!

Meine liebsten Rentner sind es ja immer wenn es heißt:

„Das macht 28,50 Euro!"

„Moment ich habe es passend in 1 Cent-Stücken!"

Da hätte ich schon fast zweimal jemanden im Supermarkt mit einer Zuchhini erschlagen.

Wie Sie sehen, gleite ich schon wieder thematisch ab. Hauen Sie mir doch mal endlich auf die Finger.

Also, die Frau steht in der Warteschlange und denkt: „Och nee, oh Gott, mich zerreist es gleich. Och bitte! Lieber Gott mach irgendwas! Och bitte!!!"

Endlich kommt sie an der Kasse an die Reihe. Nebenbei bemerkt war sie noch nie so schnell an die Reihe gekommen. Zapp, zapp, zapp wirft sie die Sachen aufs Band, bezahlt, schnappt die Tüte, raus aus dem Supermarkt, rein ins Auto, Autotür zu und dann forderte die Natur ihren Tribut.

Ja liebe Leserinnen und Leser, liebe Freundinnen und Freunde: Sie hat gepupst.

Auch eine Dame muss mal pupsen, auch wenn man sie eigentlich nie dabei erwischt.

Die Frau guckt nach links und erschreckt sich und denkt sich schweißgebadet: „Huch, das ist ja gar nicht mein Mann!"

Sie werden sich jetzt bestimmt als brave Bürgersleute und Christenmenschen sagen: „Och Gott, nein, wie furchtbar!"

Aber, liebe Leserinnen und Leser, liebe Freundinnen und Freunde; es kommt noch viel besser:

Völlig hysterisch sagt sie: „Tschuldigung", eilt so schnell wie möglich raus aus dem fremden Auto, rein in das Auto von ihrem Mann und sagt: „Fahr ganz schnell nach Hause!"

Mürrisch kommt nur von links: „Warum?"

Sie quietscht: „Wir wollen los!"

Hysterisch erzählt sie ihm unterwegs was ihr totenpeinliches passiert ist, während ihr Mann schon mal vor Begeisterung und verstecktem Totlachen kaputt geht. An ihrem Gesicht erkennt er jedoch, dass das doch wohl nicht so angebracht ist. Also ändert er die Taktik und versucht es mit Trost und sagt:

„Aber Häschen! Das kann doch jedem mal passieren! Außerdem! Wir leben in einer Großstadt. Die Wahrscheinlichkeit, das dir dieser Mann jemals wieder begegnet ist doch quasi gleich Null!"

Die beiden kommen endlich zu Hause an, wo die Frau sich justemente von ihrer ach so quälenden Pein befreit.

Zehn Minuten danach klingelt es an der Tür. Und exakt der Mann in dessen Auto die Frau zuerst saß steht davor und sagt: „Sie haben Ihre Handtasche in meinem Auto vergessen."

Nun, liebe Leserinnen und Leser, liebe Freundinnen und Freunde. Jetzt könnten Sie vielleicht anmerken, dass es schäbig sei, sich so über das kleine peinliche Unglück dieser Frau auszulassen. Ein wenig muss ich Ihnen schon Recht geben.

Aber es dauerte nicht mal eine läppische Woche, dann kam die Rache:

Das Ehepaar war auf einer Kunstausstellung, auf Neudeutsch auch Vernissage genannt.

Moderne Kunst! Zu unserer Erinnerung, das sind die Objekte, zu denen wir alle keinen oder auch nur beschränkt Zugang finden.

Ein halbverwester Truthahn mit 'nem Ofenrohr im Hintern und dann steht da drunter:

„Das Elend der Welt"

Das ist ja nun mal die Diskrepanz bei uns. Darf Kunst auch kommerziell sein? Natürlich sage ich Ihnen!

Ich gehöre nicht zu den Autoren, wo Sie sich nach einer Lesung oder nachdem Sie eines meiner Bücher gelesen haben fragen müssen:

„Was wollte der Jahn-Meyer uns jetzt mit diesem Buch sagen?"

„Müssen wir das in einem gesonderten Vortrag oder einem speziell eingerichteten Forum noch einmal durchdiskutieren?"

„Welche geheimen Botschaften hat er eigentlich versteckt?"

„Wie sind dieser Botschaften soziokulturell zu deuten und im Alltag anzuwenden?"

„Gibt es etwa einen tiefen religiösen und geistlichen Sinn in seinem Werk und eventuelle Konvergenzen zu anderen Literaten des frühen 18. Jahrhunderts?"

Nein, liebe Leserinnen und Leser, liebe Freundinnen und Freunde.

Gibt es nicht! Ich bin da um Sie ein wenig zu unterhalten. Ich bin da um Sie ein wenig aus Ihrem grauen Alltag heraus zu holen. Ich bin da damit sie es auf einer Lesung warm haben und `nen lecker Sektchen schlürfen können. Ich bin da, damit ich Sie bei mir habe. Ich bin auch da, um mit Ihnen über meine literarischen Ausflüsse zu diskutieren, wenn Sie wollen.

Suchen Sie sich einfach aus was Sie wollen. Wie heißt es doch immer auf dem Rummelplatz:

„Sie haben die freie Auswahl! Kommse ran, kommse näher, jetzt zusteigen, jedes Los ist ein Gewinn!"

Aber ich war ja bei der Kunstausstellung und bei Kunst allgemein stehen geblieben.

Ich hasse diese Künstler die sich einfach in den Raum stellen, sich 'nen halben Liter Schweineblut über den Kopf schütten und sich ne Karotte ins linke Ohr stecken und dann sagen:

„Das war eine Performance."

Auf jeden Fall schlendern die beiden durch die Kunstobjekte, als unser besagter Ehemann bemerkt, dass die Idee vor zwei Tagen mit der Kohlsuppendiät zu beginnen auch nicht so wirklich genial gewesen ist.

Er denkt sich: „Och, jetzt haste dich vor 'ner Woche über deine Frau lustig gemacht und hast jetzt selbst die Bescherung!"

„Aber, hier sind so viele Menschen. Wenn ich hier ein kleines Püpserchen mache, das merkt doch keine Sau!"

„Und wenn ich mich neben den halb verwesten Truthahn stelle, erst recht nicht!"

Jetzt wird es von Seiten der Moral und des Ausdrucks wieder etwas schwieriger liebe Leserinnen und Leser, liebe Freundinnen und Freunde:

Auf diskrete Art und Weise lässt er also ein wenig Luft entweichen. Jetzt war das aber nicht nur Luft!

Sondern ein gemeiner deutscher Schlotterpups!

Völlig entsetzt von der Reaktion seines Körpers, verzieht er sich sofort in die nächste Toilette. Für die Anglisten unter Ihnen auch „Cloakroom" genannt, um sich zu reinigen.

Das corpus delicti muss auch verschwinden. Die Unterhose wird eingepackt und aus der Toilette raus geschmuggelt und einfach in die Handtasche von der Frau gepackt und zack isse weg.

Auf dem Weg nach Hause nimmt er seine Frau in den Arm, küsst sie zärtlich und sagt zur ihr:

„Übrigens Liebling, es steht eins zu eins!"

Da sagt sie: „Ich wusste gar nicht, dass wir einen Wettkampf haben!"

„Ja, Liebling, den haben wir auch eigentlich nicht. Aber du weißt nicht in welcher Not ich war, und da habe ich meine Unterhose einfach in deine Handtasche gestopft.

Völlig überrascht entgegnete sie: „Aber Darling, du weißt doch. Ich habe gar keine Handtasche mitgehabt!"

Ja liebe Leserinnen und Leser, liebe Freundinnen und Freunde. Somit hätten wir zumindest ein kleines Schmankerl aus dem doch so alltäglich grauen Alltag erlebt, welches diesen mal etwas bunt gemacht hat. Diese bunten Flashlights sind jedoch nicht immer in lang anhaltenden Ehen und Lebensgemeinschaften vorherrschend.

Jetzt denken die meisten: Was schreibt der da über andere? Der weiß das doch gar nicht! Meine Damen und Herrn, liebe Leserinnen und Leser, liebe Freundinnen und Freunde. Bitte glauben Sie mir! Ich weiß ganz genau wovon ich schreibe. Und wenn Sie heimlich nachdenken, dann wissen Sie auch, dass ich Recht habe. Es ist einfach ein Leben welches ich lange genug mitmachen durfte oder musste.
Nun, ich war aber bei dieser Klientel jenseits des bürgerlichen Klingelschildes stehengeblieben. Alles läuft nach Plan. Man darf bloß nicht aus der Rolle fallen. Die Umgebung fängt schon an zu tuscheln, wenn der Mann ein buntes Hawaii-Hemd trägt, wenn die Kinder mit der Mutter allein in den Urlaub fahren, wenn der Mann unregelmäßig nach Hause kommt, wenn man sich andere Tiere hält als Hunde oder Katzen, wenn

man auf die Malediven fährt oder wenn man mal für eine Nacht in einem Hotel residiert welches mehr als 3 Sterne hat.

Bis jetzt war das die heile Welt dieser Klientel! Geographisch ist diese Gruppe Menschen vor allem in der dörflichen Gegend zu finden. Dort kann man seinem normalen Leben noch in aller Ruhe frönen. Dort sind alle annähernd gleich. Wozu Gleichheit und Uniformität führen kann, hat uns die Geschichte meiner Meinung nach vor gut 60 Jahren gelehrt.

In dieser Normalowelt ist viel Licht, aber auch viel Schatten. Meine Oma hat mal gesagt: „Hinter den schönsten Gardinen wird die schlechteste Suppe gekocht!"

Da wird die Frau geschlagen, die Kinder vernachlässigt und so viele Dinge „vollbracht" von denen am besten keiner reden sollte.

Diese völlig unterschiedliche Welt beschreibe ich gerne mit den folgenden poetischen Zeilen:

Schmidtke nebenan ist fünfundfünfzig,
alleinstehend und schmerbäuchig und dumm,
er liebt das Leben längst nicht mehr und rächt sich,
an ihm tagtäglich mit verschnittnem Rum.
Kochs drüber, ein kinderloses Pärchen,
sind ruhig nur gut kennt man sie nicht.
Die Ehe ist harmonisch wie im Märchen,

kommt sie vom Dienst, dann geht er grad zur Schicht.
So sieht die Welt aus hinterm Klingelschild,
im Vordereingang, Seitenflügel, Hinterhaus.
Und sie ist hellhörig, stinkt manchmal und ist ganz
schön wild
und äußerst selten zieht mal jemand aus.
Im zweiten Stock wohnt Schumann, der ist Geiger.
Doch ohne Lohn und Brot, denn er ist schlecht.
Beim Üben geht er allen auf den Zeiger,
und die Kapelle die ihn schasste hatte Recht.
Dort drüben da wohnt Kalle, er handelt mit Computer.
Bekommt tagtäglich PC`s zur Reparatur.
Die Bilder, die er sieht sind nicht so super,
nackte Kinder, nackte Frauen oder `ne Hur`.
Paul Erdmann, arbeitslos wohnt drei Straßen weiter,
verdrischt oft seine Frau hinter der Tür.
Und schickt man Polizei zu ihnen rüber,
sagt sie dann immer: „Er kann nix dafür!"
So sieht die Welt aus hinterm Klingelschild,
in Dannenberg, Stolzenau, Liebenau oder Ennepetal.
Und sie ist hellhörig, stinkt manchmal und ist ganz
schön wild
und äußerst selten zieht mal jemand aus.
Im dritten Stock wohnt Prinz ein schwuler Maler,
bringt nackte Jungs auf Leinwand mit Acryl.
Und Yilmaz nebenan wird täglich fahler,
er wartet schon zu lang auf sein Asyl.

Drei türkische Familien mit zehn Gören,
zwei Lesben, davon eine schlecht genährt,
zwei Punker die die Mittagsruhe stören,
'ne Rentnerin, die Hackenporsche fährt.
So sieht die Welt aus hinterm Klingelschild,
bei mir, bei ihnen und überall zu Haus.
Und sie ist hellhörig, stinkt manchmal und ist ganz
schön wild,
und äußerst selten zieht mal jemand aus,
zieht mal jemand aus!

Jene nun doch zur Genüge beschriebene Klientel wehrt
sich in aller Regel gegen die Damen und Herren, die ich
in den letzten zehn Zeilen meines kleinen Gedichtes
beschrieb. Somit dulden Sie keine anders denkenden und
fühlenden um sich herum.

Lassen Sie uns nun in die zweite Gruppierung
eintauchen und diese ein wenig mehr beschreiben:

Die Gesinnung dieser Bevölkerungsgruppe ist
vornehmlich öffentlich auf Toleranz gebürstet.
Vermeintliche Mitglieder dieser Gruppe sind Damen
und Herren, die z.B. in Scheidung leben, die Mitglied der
68iger Bewegung waren, die nicht SPD, FDP oder CDU
wählen, die ausgestiegen sind, die feingeistige Berufe wie

Friseur, Kosmetiker oder andere dem anderen Milieu nahekommende Berufe haben.

Der Umgang mit einem Schwulen oder einer Lesbe gleicht dieser Gruppe einem positiven Abenteuer. Man schmückt sich im Bekannten und Verwandtenkreis eine solch illustre und bunte Freundschaft zu führen.

Weiterhin kann man diesen Menschen auch Dinge anvertrauen, die man nicht mal dem eigenen Ehemann oder den engsten Freunden jemals erzählt hätte.

Man kann mit Ihnen zu Travestieveranstaltungen gehen, man kann mit ihnen einen Pornoschuppen aufsuchen oder einfach mal kräftig auf die Tube hauen, sofern dieses nicht in dem eigenen kleinen Ort geschieht. So eine Bekanntschaft lässt diese auf den ersten Blick Toleranten wieder ganz neu aufblühen. Man vergisst die gelebten Inhalte hinter dem Klingelschild für Stunden, Tage, Monate oder vielleicht auch für immer.

Somit bliebe letztendlich festzustellen, dass wir gewissen Bevölkerungsgruppen mit unserem Dasein auf der einen Seite dienen und auf der anderen Seite das Leben ganz schön versauen können. Man sieht mal, welche Kraft wir haben!

Jedenfalls war ich in meiner amerikanischen Zeit stehengeblieben. Wir zogen wie schon erwähnt im gleichen Haus ein in dem Michael und Greg wohnten. Eigentlich zu jedem seinen Entzücken.

Leider drehten sich für Tanja und auch für mich die Dinge im Laufe der Zeit etwas. Michael, dem man durch sein Reden und auch durch seine Bewegungen das Schwulsein abnahm (um genau zu sein: es schlug einem richtig ins Gesicht) ging mit Tanja gerne mal des nachmittags in den diversesten Malls und Einkaufsmeilen der Stadt Washington D.C. shoppen.

Bei mir ergab es sich komischerweise, das ich mit Greg, dem Freund von Michael poppen ging. Für mich eine recht befriedigende Situation. Tanja hatte ihren Shoppingspaß und ich hatte meinen Poppingspaß.
Sehen Sie liebe Leserinnen und Leser, liebe Freundinnen und Freunde: Da ist der Witz wieder, den Sie schon oben und auch im ersten Buch erleiden durften!
Im Laufe der Monate ergab sich eine interessante Liaison zwischen uns vier, die die zwischen Dagmar, Petra und mir um einiges in den Schatten stellte. Sexuell gesehen hatte ich das, was ich immer haben wollte. Meine Madame war mit sich und der Umgebung glücklich. Michael kam raus in seine Einkaufs- und Konsumwelt. Greg hatte auch seinen Spaß und alle waren irgendwie froh. Nach vier Jahren in Washington D.C. und einem kleinen Zwischenstopp für ein paar Monate in New York verschlug es mich dann wieder

nach Deutschland, wo ich einen Dienstposten als Materialnachweisfeldwebel in einer Grundnetzschalt- und Vermittlungsstelle der Bundeswehr bekam. Die Umgebung war wieder sehr ländlich gehalten und das ganze Versteckspiel lief weiter. Man traf sich mit Hetenfreunden und veranstaltete das ganz normale PIPAPO! Sprich: Geburtstagsfeiern usw. Mein Leben war nach außen hin also ganz normal. Nach innen hin jedoch nicht. Innerlich wusste ich ganz genau an welches Ufer ich gehörte. Innerlich gestand ich mir frei jeden Tag ein, dass ich schwul bin. Ich fühlte mich auch mit diesem Zustand sehr gut. Nur nach außen hin wollte es immer noch nicht klappen. Ich trieb mich zu sexuellen Befriedigungen in den diversesten Schwulenschuppen und Schwulenkinos Hannovers herum. Keiner hätte behaupten können, dass ich sexuell nicht ausgelastet wäre. Dafür hatte ich immer in irgendeiner Art und Weise sorgen können. Schon an dieser Stelle war mir klar, dass ich in meinem kleinen schwulen Leben alles viel schneller hätte haben können. Wie man vielleicht bemerkt, habe ich das Wort schwul in den letzten zehn Zeilen mehrfach benutzt. Im Übrigen ist für viele Menschen schwer, dieses Wort in den Mund zu nehmen. Es wird getuschelt, es werden nur die Lippen danach bewegt, man sagt gar nichts oder man nimmt im schlimmsten Falle andere Wörter dazu, die ich gar nicht an dieser Stelle aufzählen will, weil ich sie in meinem ersten Buch schon aufzählte. Am schlimmsten jedoch ist das Wort „homosexuell". Für mich hat dies immer noch so einen bitteren Nachgeschmack einer Krankheit. Sollte bei Ihnen und bei euch irgendwann mal der Zustand von Langeweile eintreten, dann stellen Sie sich oder stellt ihr euch einfach zu Hause vor den Spiegel und sagt das Wort „schwul" laut. Man wird merken, dass es reibungslos auszusprechen geht. Nur eines sollte beachtet werden: Man sollte sich dabei nie von einem Familienmitglied erwischen lassen. Es kann sein, dass man sonst für unzurechnungsfähig erklärt wird oder das einen wegen Selbstgesprächen am nächsten Tag die grünen Männchen abholen!!!

Hildegard Knef, eine Frau wie es sie wohl nie wieder geben wird, hat es mit diesen Zeilen nicht besser treffen können:

Ich bin den weiten Weg gegangen
und oft im Kreis und oft im Kreise.
Ich bin den weiten Weg gegangen
nur weise, nein weise wurde ich nicht.
Den steilen nach oben,
den steilen nach unten.
Das Ziel, das ich beim Start gehabt,
war klar, war greifbar klar und gut.
Den steilen nach oben,

den steilen nach unten.
Das Ziel, das ich beim Start gehabt,
war klar, war greifbar, war greifbar und gut.
Mein Ziel ist unters Rad gekommen.
Ich suchte ein neues und fand keins, das gut
ich gab mich noch lang nicht geschlagen.
Und manche sagten, ich hätte keinen Mut.
Jetzt lauf ich einfach ohne Ziel
und sag mir ich habe nichts vermisst.
Die Panik läuft mir durch Nächte
und lehrt mich, dass du nie vergisst.
Die Sonne taut dein Lächeln auf,
der Riss an der Wand darf sich schließen.
Zum letzten Mal gibt er dich frei,
den einen Tag zu genießen.
Es blieben Stunden leis`
und verschlafen.
Es blieb eine Herbstnacht,
es blieb ein Gesicht.
Was löst sich aus der Vielfalt der Jahre
die Hoffnung auf den Duft eines
frühen Sommermorgens,
auf das kühle Grün der Bäume
und auf das Kind das es einmal besser macht.
Und während ich im Kreise wandere
und manches erwarte und wenig dazu tu.
Was bleibt ist die Hoffnung auf andere

auf dich, mein Kind, auf solche wie du.
Ich bin den weiten Weg gegangen
und oft im Kreis und oft im Kreise.
Ich bin den weiten Weg gegangen
nur weise, nein weise wurde ich nicht.

Um wieder zu dem Punkt zurück zu kommen, an dem ich aufhörte: Ich hatte mir zumindest, was den sexuellen homosexuellen Teil angeht, die Hörner im Laufe meiner Ehe abgestoßen. Während dessen saß Tanja jeden Tag brav zu Hause und ahnte von nichts. Aus Angst vor den Reaktionen der Gesellschaft spielte ich mein Spiel, was für mich eigentlich kein Spiel war, munter weiter. Seit 1996 lebte ich endgültig in zwei verschiedenen Welten. Tagsüber und in der Woche war ich neben dem Studium ganz in die homosexuelle Welt Hannovers abgetaucht und avancierte dort immer mehr und mehr zu einer beachtlich bekannten Person. Zu Hause (wir waren mittlerweile wieder in das kleine Dörfchen Steinbergen in der Nähe von Rinteln gezogen), war ich in einer heterosexuellen Welt eingeschlossen, die meine innere Neigung keinesfalls geduldet hätte. Dem inneren und äußeren Flehen meiner Frau Tanja gab ich nach und wir zogen in die Höhle des Löwen ein. Sprich bei meiner Schwiegermutter, meinem Schwiegervater und Tanja`s Bruder.

Eine Umgebung, in der ich mich vom ersten Tag an sauwohl fühlte. Sie sehen liebe Leserinnen und Leser, liebe Freundinnen und Freunde: Meine Ironie und mein Sarkasmus kommen endlich wieder durch. Sie werden sagen: Wurde ja auch Zeit. Ja, ich kenne Sie langsam!

The mission begins:

ORT:

- 2000 Einwohner,
- 4 Altersheime,
- 1 Bäcker,
- 1 Edekamarkt
von dem der Besitzer gleichzeitig:
- Postmann,
- Ortsratsvorsitzender
- Feuerwehrvorsitzender
- Parteivorsitzender ist.
- noch 1 Bäcker,
- 1 Partydienst,
- 1 Apotheke,
- mehrere geriaträr besetzte Vereine,
- 1 Volksbank,
- 1 Sparkasse,
- 3 Ampeln,
- 1 Bahnübergang

- und noch ein Bahnübergang,
- vier Ortseingangsschilder, die auch zugleich
Ortsausgangsschilder waren,
- eine Pizzeria,
- ein Steinbruch
- und ich weiß nicht was noch alles.

Glauben Sie mir, vom ersten Moment an hat mich dort
nichts angetörnt. Somit sei hier schon mal ganz kurz
das infrastrukturelle Umfeld meines neuen Wohnortes
abgekanzelt.

WOHNUMFELD:

Der größte heterosexuelle Partnerschaftswert ist nach
wie vor das Errichten eines eigenen Hauses. Dieses
brachten meine Schwiegereltern fertig. Es handelte sich
gerade in der dörflich idyllischen Gegend um eine Art
Statussymbol:

Mein Haus (wirklich nett)
Mein Auto (VW Jetta und 12 Jahre alt)
Mein Sohn (hässlich und wohl heute noch nicht
verheiratet)
Meine Tochter (unter der Haube)
Mein Schwiegersohn (leider zu klug und zu studiert für
einen Doppelhauptschulhaushalt)

Nun, um die ganze Angelegenheit abzukürzen: Ich gebe zu, es war eine schöne Wohnanlage. Extra zu unserem Ehren hatte man aus der oberen Wohnung das alternativ wohnende Lehrerehepaar mitsamt seinem dicken Perserkater Percy rausgeekelt. So ging es ans eigenfinanzierte Renovieren und auch an das doch etwas über dem Mietspiegel liegende Mietezahlen. Zumindest Tanja war jetzt sehr sehr glücklich, denn Sie hatte die langweilige, dumme Familienumgebung wieder um sich herum. Ich jedoch suchte die relativ bunte Welt in der Großstadt. Zumindest für die Zeit zwischen morgens um sechs und abends um sechs. Somit habe ich nur noch die Hälfte in dieser Idylle zubringen müssen.

Meine Schwiegermutter war eine sehr komische Person. Leider muss ich das Adjektiv komisch benutzen, weil mir kein anderes (auch nach sehr langen Nachdenken) eingefallen ist. Sie hatte es im seichten Alter von fünfzig Jahren schon mit der Hüfte und ihre Hauptaufgabe war es von morgens bis abends herum zu jammern. Ihren gesamten Alltag regierte sie in ihrem Fernsehsessel. Die gesamte Familie war vollkommen in alle Tätigkeiten in Haus und Hof eingebunden. Tanja musste Mittagessen und andere Mahlzeiten zubereiten sowie die gesamte Wohnung auf Trab bringen. So nebenbei sei hier noch zu bemerken, dass sie ja auch noch zufällig einen anderen Haushalt zu managen hatte.

Veit, Tanja`s Bruder war eigentlich für nichts zuständig. Von Beruf war er Kraftfahrzeugmechaniker, dessen Profession von der Sache her schon eine besondere Heterosexualität ausstrahlte.

Komischerweise hatte er nie Haushaltsaufgaben zu erfüllen und wurde auch alle Nase lang davor geschützt. Dies brachte mich jedoch auf die Palme. Ich bin ehrlich, dass ich mich sehr oft darüber geärgert habe.

Manni, der Mann meiner Schwiegermutter war von Beruf Stahlbauschlosser. Sein Leben war auch zweigeteilt. Auf der einen Seite war er für alle handwerklichen Dinge in Haus und Hof zuständig. Auf der anderen Seite bin ich mir heute nach wie vor sicher, dass er den spießbürgerlichen Braten auch schon lange gerochen hatte. Den anderen Teil seiner Freizeit oder Zeit verbrachte er in seinem prächtig ausgebauten Partykeller. Dort hatte er um die 150 Schnaps- und Likörsorten. Dort unten becherte er alleine oder in Gesellschaft. Dieser Keller war sein täglicher Fluchtpunkt. Am Wochenende zelebrierte er dort alleine oder auch zu zweit von elf Uhr bis zwölfuhrdreißig seinen eigenen Frühschoppen.

Nebenbei übernahm er wie er es sonntags immer tat, das Kartoffelschälen für den sonntäglichen

Mittagstisch, der immer der gleiche war. Somit hatte er zwei Fliegen mit einer Klappe geschlagen. Auf der einen Seite hatte er einen Beitrag für die Zubereitung der Mittagsmahlzeit der Königin der Fernbedienungen vollbracht. Auf der anderen Seite hatte er ein Alibi um sich auf seine kleine eigene Insel zurück zu ziehen.

Letztendlich ging es ihm auch nicht anders als mir. Er war wie ich in einer Welt gefangen aus der er nicht mehr so schnell rauskommen konnte. Schwiegermutter führte mit Fernbedienungen, Handys und Telefonanlagen ein Fernsteuerungsregiment aus ihrem Sessel und die gesamte Umgebung musste springen.

Ich glaube er wäre auch gerne von der Alten ausgezogen. Das Problem war nur: Er brachte das Geld mit nach Hause, zahlte das Haus ab und verschaffte der Familie tolle Dinge. Sie jedoch war die Eigentümerin des Hauses. Später fand ich übrigens heraus, dass Manni von ihr 50 DM Taschengeld bekam. Damit musste er auskommen. Komischerweise kam immer von selbst Bier- und Schnapsnachschub im Partykeller an.

Nach der Eurowende erhöhte sich sein Taschengeld auf 50 Euro. Die Königin der Fernbedienungen hatte durch die Währungsreform mehr Geld in die Hände bekommen, weil sie ebenfalls unsere Miete von DM auf Euro erhöhte. So mussten wir für gleichen Seelenschmerz auch noch das Doppelte bezahlen.

Mein Schwiegervater und ich waren seelenverwandt. Wir haben uns zwar nie in unserer Seelenverwandtschaft zusammen geschlossen, aber wir beide hatten das gleiche Problem: Wir kamen nicht dahin, wohin wir wollten: Zu einem Leben ohne Zwänge und ohne Regiment.

Nun sind wir eigentlich noch gar nicht zu meiner Funktion in dieser kleinen scheinheiligen Welt gekommen. Jörgi war wie ein Krebsgeschwür in diesem Hause. Er hatte eine Frau die überwiegend zu einem stand, von der Hausregentin in ihrem Fernsehsessel jedoch immer wieder umgedreht wurde, wofür ich Tanja im Nachhinein nichts ankreiden konnte. Wenn man es hart definieren würde, könnte man auch hier feststellen, dass sie in einer Art Fesselung gefangen war. Tanja hätte bestimmt auch anders gewollt, wenn Sie gedurft hätte.

Irgendwie hatte ich in dieser Familie immer ein schweres Standbein. Dies war schon von der Schulbildung, die ich an anderer Stelle diskutierte bedingt. Zweitens jedoch waren nur Handwerker um mich herum. Veit konnte Autos reparieren, jedoch keinen Satz mit Subjekt, Objekt und Prädikat bilden. Schwiegervater konnte tolle Sachen schweißen und bauen; beim Programmieren von Videorekordern, kommunizieren mit Behörden oder beim Ausfüllen der alljährlichen Steueranmeldung hat es ihn total umgeworfen. Die Königin der Fernbedienungen kannte sich allerhöchstens bei den Ziffern 1 bis 0 sowie bei der Bedienung von Sternchentasten und Rautetasten aus. Ja liebe Leserinnen und Leser, liebe Freundinnen und Freunde: Das klingt jetzt schon wieder hochnäsig von mir. Aber was will man machen. Es war nun mal so. Dazu kam noch, dass gutgemeinte Hilfestellungen meinerseits gerne abgewiesen wurden. Ich hätte ja auch sonst plötzlich Punkte machen können, welches man mir hier und da nicht gerne gönnte. Einer konsequenten Flucht aus diesem Haushalt meinerseits ist bereits an dieser Stelle wohl nichts mehr entgegen zu setzen.

Kurzum: Mein Leben war wie ein großer Alptraum. Auf der einen Seite hatte ich mit meiner Gesinnung zu kämpfen. Ich malte mir immer wieder Bilder aus, wie ich am bequemsten aus meiner Versteckmisere entwischen könne. Auf der anderen Seite musste ich Tag für Tag den schon früher diskutierten normalen Alltag über mich erleiden. Dies zeigte sich immer besonders bei Familienfeiern. Egal ob es ein Geburtstag, Osten, Hochzeitstag oder das allseits streng zelebrierte Weihnachtsfest war.

Jedes Mal wurde die gleiche Kneipe für das Jubiläumsessen ausgesucht. Jedes Mal nahmen an diesen Schlemmerorgien die gleichen Personen teil. Jedes Mal gab es das gleiche Essen. Jedes Mal war der Schwiegervater so besoffen, dass man ihn nach Hause tragen musste. Jedes Mal war die Königin der Fernbedienungen in ihrer Leistengegend so betäubt, dass man sie nur mit einem Taxi welches bestimmte Transporteinrichtungen hatte nach Hause bringen musste. Es war so einfältig und normal, dass mir mein heutiges Leben unwahrscheinlich vielfältig und bunt erscheint. In der Vergangenheit grenzte es an etwas Exotisches wenn man mal Pizza essen ging, wobei der Rest der Truppe erst gar nicht mitkam, weil diese Art der Ernährung als sehr undeutsch erschien. Von Mahlzeiten beim Griechen möchte ich hier erst gar nicht erst anfangen zu schreiben. Heute treibt es mich zum Chinesen oder noch viel lieber zum Sushi. Heute fühle ich mich in der glücklichen Situation, dass mich mein Göttergatte an die interessante Sushiernährung herangeführt hat. Ich stelle mir an dieser Stelle grade vor, wenn ich mit Schwiegervater, Veit und der Königin der Fernbedienungen zum Japaner gehen würde. Ich glaube, die hätten sich vorher zu Hause Stullen geschmiert.

Somit bleibt festzustellen, dass ich neben meiner sexuellen Gesinnung auch noch in einer streng langweiligen Familie gefangen war. Das ist wie doppelt Lebenslänglich zu erhalten.

Die Schwiegerfamilie hatte jedoch auch ein äußerst schlechtes Verhältnis zu meiner Familie. Da mein Vater selbstständig war, war meine Familie ebenfalls nicht sehr „willkommen" im Haushalt der Mobiltelefone und Fernbedienungen. Die Königin behauptete immer, dass Selbstständige über Geld und Zeit wie Heu verfügen und die Ausbeuter der arbeitsabhängigen Bevölkerung seien. Bei gewissen Selbstständigen ist das ohne Zweifel der Fall. Aber auch nur bei einem kleinen Teil. Eine Königin der Fernbedienungen, ein Kraftfahrzeugmechaniker oder ein Stahlbauschlosser arbeiten jeden Tag von acht bis fünf, obwohl das auch nicht ganz stimmt, weil die Königin der Fernbedienungen von morgens acht bis abends um zehn Technik und Röhrengeräte bedient. Das ist dann fast so ein harter Tag wie meiner es jetzt ist. Dann war es das aber auch. Wochenenden und Feierabende können also mit den langweiligen Alltäglichkeiten gefüllt werden. Der Selbstständige jedoch steht immer in der Angst finanziell vor die Hunde zu gehen. Er steht immer in der Angst keine Einnahmen zu haben und im Anschluss daran noch per Gerichtsbeschluss von seinen Angestellten ausgenommen zu werden. Das klingt hart, ist jedoch die nackte Wahrheit. Die interfamiliären Kontakte konnte man aus diesen unterschiedlichen Gesinnungsauffassungen in all den Jahren an zwei Händen aufzählen.

Dies kam vor allem zu den Festtagen zur Diskussion. Weit im Vorfeld musste vorher schon diskutiert werden, wer bei wem und wenn ja wie lange, das Weihnachtsfest verbringt. Meine eigene Familie ging bei dieser Entscheidung meist immer vor die Hunde. Zu hart und einschneidend waren die Argumente und Haltungen der Königin der Fernbedienungen bei dieser Angelegenheit. Im Nachhinein tut mir die Entscheidung gegen meine Familie sehr weh und leid. Nicht einmal meine Familie kann heutzutage sehen, in welch beschissener Lage ich damals war.

Von Zeit zu Zeit konnte ich zu Hause trotzdem für ein paar Minuten oder Stunden „notwassern". Um ehrlich zu sein, war dies als wenn man in eine andere Welt eintaucht. Offen, menschlich und intellektuell äußerst erfrischend.

Man hatte schnell begriffen, dass ich nicht zu handwerklichen und körperlichen Tätigkeiten im Haus oder auch im Garten fähig war. Gewiss, ich gebe ja zu, dass ich zwei linke Hände habe. HIHI.... Man kann sich jedoch auch extra anstellen. So war es in der Regel immer meine Aufgabe todsichere Sachen zu machen. Rasenmähen war die Aufgabe Nummer 1. Aber das bitte exakt. Der Rasen war Manni`s Heiligtum. Ich glaube zu seinem Rasen hatte er eine größere Liebe entwickelt wie zu seiner eigenen Frau. Auf dem Rasen gab es keine Gänseblümchen, keinen Löwenzahn und schon gar kein Unkraut oder irgendwelche destruktive Insekten.

Die Rasenkanten wurden alle zwei Wochen meisterlich mit einem Spaten weg gestochen, welches jedoch nicht meine Aufgabe war, weil ich das extra immer schief gemacht hatte.

Schwiegermutter hingegen pflanzte gerne mal, je nach Jahreszeit in die Mitte des Rasens eine Primel oder andere Blumen mit lustigen Namen. Nachdem sie ein Loch gestochen hatte und die Pflanze versenkt hatte, musste sie sich jedoch sofort wieder in ihren Fernsehsessel setzen. Dann durfte ich Rasenmähen. Hier erkannte ich eine raffinierte technische Errungenschaft: Primeln machen beim Drübermähen andere Geräusche als Osterglocken.

Getrocknete Dackelscheiße zersplittert beim Mähen in kleine Körnchen, wobei frische Dackelscheiße in der Klinge hängen bleibt.

Der Schredderton von Maiglöckchen ist dumpfer als der von normalem Gras.

Oh.... ich vergaß noch ein Familienmitglied. Addi! Addi hatte ich ins Herz geschlossen. Addi hatte ich damals im Jahre 1984 meiner Frau Tanja geschenkt.

Diesen Hund hatte ich mit wortwörtlich vom Munde abgespart. 275 DM hatte er gekostet. Psychologisch ist diese Anschaffung retrospektiv gesehen mit einem Nutzen zu verbinden gewesen. Letztendlich wollte ich

Tanja etwas zum Kuscheln und Betüdeln schenken. So stand ich wenigstens nicht in der Schusslinie. Addi war von Beruf ein Langhaardackel. Er muss so um die siebzehn Kilo im Endstadium gewogen haben. Addi hatte, wie alle Dackel das haben, seinen eigenen Kopf. Was Addi nicht wollte, das wollte er einfach nicht.

Um hier wieder genauer zu sein: Addi war der einzige im Haushalt, der seine Gefühle und Absichten, seine Freiheiten und Wünsche frei definiert und geäußert hat. Addi war der einzig wahre Freund von Manni. Addi durfte auch auf den Rasen scheißen. Völlig offiziell durfte er das. Raten Sie mal, wer die Scheiße wieder wegmachen durfte? Für mich war Addi auch wenn er ein Aufreger und ein riesen Scheißerchen war, der einzig angenehme im ganzen Haus.

Ein weiteres Statussymbol im Hause 21b war der alljährliche Weihnachtsbaum. Bei den folgenden Zeilen möchte ich schon jetzt betonen, dass ich nur die Wahrheit und nichts als die reine Wahrheit schreibe. Sie müssen mir glauben liebe Leserinnen und Leser, liebe Freundinnen und Freunde. Nichts ist geschönt und nichts ist übertrieben. Es ist die wahrste Geschichte, die ich Ihnen nur erzählen kann!

Es war Winter. Das ist in aller Regel Weihnachten so. Vielleicht jetzt im Jahre 2046 aufgrund der globalen

Erwärmung nicht mehr, aber früher war das so. Ich hoffe, dass Sie sich erinnern können.

Die Königin der Fernbedienungen schwor immer auf einen Weihnachtsbaum aus eigenem Anbau. So hatte Manni schon Jahre vorher vorgesorgt und zehn Tannen gepflanzt. Jedes Jahr wurde eine Tanne abgeholzt und an gleicher Stelle im Frühjahr durch eine neue Tanne ersetzt. Somit waren Generationen von Weihnachtsfesten sichergestellt. In den sechs Jahren, die ich im Hause 21b verbrachte, hatte ich sechsmal die Ehre diesen Weihnachtsbaum zu fällen. Aber glauben Sie mir, so einfach war das nicht. Was nicht galt, war einfach den Baum unten abzusägen, sondern die Wurzel musste, egal wie kalt es war, ausgegraben werden. Egal wie nass, matschig oder hart gefroren der Boden war. Weihnachten 1998 war es zum vierten Mal mein Job das Ungeheuer zu bändigen. Und es war ein Ungeheuer! Keiner der Bäume war wegen guter Düngung unter drei Meter groß. Ich mich also drangemacht! Schön abgesägt! Baum ist gut umgefallen! Vier Stunden buddelte ich ein Loch und entfernte Wurzeln und andere spannende Dinge die ich nebenbei noch so fand. Kurz vorm Dunkelwerden war ich mit der Füllung des Loches fertig. Sie können gar nicht abschätzen, was ich an dieser Stelle schon für einen Hals hatte. Von drinnen dröhnte der Musikantenstadl auf die Straße, den die Königin der Fernbedienungen gerne absorbierte. Leider konnten Sie drinnen nicht meine Schreie hören! Somit brauchte ich den riesigen Baum nur noch auf die Terrasse schleppen. Und nun taucht schon ein Darsteller auf, den ich schon vor ein paar Seiten beschrieb:

A D D I!

Auch im Winter versorgte der Dackel den Rasen mit ausreichend Dung. Winter war meine Lieblingsjahreszeit, weil die Köttel immer schön hart gefroren waren und man diese sehr schnell und problemlos entfernen konnte. Kick! Und weg! Beim Nachbarn!

Außer denen, die grad frisch gelegt worden sind. Ich war also bei der mühseligen Arbeit des Baumfällens stehen geblieben. Irgendwann nachmittags gegen vier hatte ich das Biest endlich erlegt (ich meine den Baum). Er neigte sich nach dem letzten Schlag zu Boden und ich konnte ihn endlich auf den Balkon der Herrscherin der Fernbedienungen transportieren. So ein Baum wiegt auch gut und gerne 30 Kilo, vor allem wenn er naturgewachsen ist. Also nahm ich den Baum am Stamm und zog ihn aus Versehen durch die Dackelscheiße. Somit stand der Baum erstmal vier Tage auf der Terrasse, und keiner merkte etwas von dem bräunlichen Baumschmuck. Heiligabend war es dann

soweit: Der Baum wurde reingeholt und geschmückt.
Hier zunächst eine Preisfrage?

Was passiert mit gefrorener Dackelscheiße wenn Sie
auftaut?

Richtig! Sie taut auf und hat in aller Regel noch die
gleiche Konsistenz, wenn Addi nicht gerade zu dem
Zeitpunkt mal wieder Dünnschiss von der Hundewurst
gehabt hätte.

Zweite Frage: Ändert sich der Geruch von
Dackelscheiße wenn er vom gefrorenen
Aggregatzustand in den flüssigen Aggregatzustand
eintritt? Hierzu eine kleine chemische Erläuterung von
mir:

Es gibt drei klassische Aggregatzustände:

1.   fest – in diesem Zustand behält ein Stoff im
     Allgemeinen sowohl Form als auch Volumen
     bei. Es handelt sich hierbei um einen Festkörper.
     Dies ist zum Beispiel bei Dackelscheiße so, wenn
     die Verdauung regelmäßig ist und keine
     verdünnenden Einflüsse auf den Darm und
     Verdauungstrakt einwirken.

2.   flüssig – hier wird das Volumen beibehalten,
     aber die Form ist unbeständig und passt sich
     dem umgebenden Raum an. Dies passiert bei
     dünner Dackelscheiße des Öfteren. In Wärme

---

dehnt sie sich aus und wird noch flüssiger. Sie neigt dann auch dazu vom Baum zu tropfen.

3. gasförmig — hier entfällt auch die Volumenbeständigkeit. Ein Gas füllt den zur Verfügung stehenden Raum vollständig aus. In der Praxis bedeutet das, dass die Dackelscheiße anfängt wie blöd zu stinken und einem schon das ganze Weihnachtsfest versauen kann

Um wieder zum Thema zurück zu kommen, und um zu vermeiden, dass sie beim Weiterlesen Atemnot bekommen, möchte ich damit enden zu behaupten, dass man Weihnachten 1998 echt dufte Weihnachten hatte.

Meinen Gemütszustand zu der oben beschriebenen Zeit kann man am besten mit den folgenden Zeilen festschmieden, denn letztendlich trägt dies auch zu Ihrer persönlichen Abregung bei. Zweitens sollte auch endlich mal die Ernsthaftigkeit durchkommen. Glauben Sie mir, auch wenn es so lustig ist. Es war kein Spaß! Sie glauben gar nicht, wie viele Männer ich während der Ehe zu Tanja hatte....

Fremd bin ich ausgegangen,
befremdet kam ich heim,
war einer fremd gegangen,

ging ich ihm fremd auf den Leim.
Dacht ich, er wär der Rechte,
war er bald schon wieder mein Ex.
Der Wert der kurzen Nächte,
glich ungedeckten Schecks.
Ich küsste fremde Wangen,
und machte mir manch schönen Reim.
Auf ewiges Verlangen,
das dann doch ersticke im Keim.
Kurz vorm Nachhausegehen,
war klar morgens um vier:
die jetzt noch auf mich stehen,
stehn morgen nicht mehr zu mir!
Heut wähl ich aus und siebe,
und fahre längst nicht mehr rasant.
Durch das All der Liebe,
als Raumschiff unbemannt.
Heut seh ich mir genauer an,
wen ich brauch und will.
Der Glücksstern,
der vom Fern mir strahlt,
scheint öde, karg und still!
Fremd bin ich mir geblieben,
mir selber unbekannt!
Und hab mich aufgerieben,
im Fremdgebiet und eigenen Land!
Vertraut blieb nur die Einsamkeit,

die kenn ich gut, die hält zu mir!
Allein bin ich mit ihr zu zweit,
sie zehrt an mir, und ich von ihr!!!
Verzehr mich nicht nach ihr!!!!!
Sie zehrt an mir und ich von ihr!!!!!!!!!

Im August 2001 entschied ich mich nach Beendigung meiner Studienzeit in Hannover eine Ausbildung zu machen. Informatikkaufmann sollte es wohl doch schon sein. Im Vorfeld bewarb ich mich mit meinen vielfältigen Zeugnissen bei nur fünf Firmen und erhielt nach diversen Eignungstesten und Vorstellungsgesprächen vier Zusagen. Eine für den Ausbildungsberuf des Bankkaufmannes und drei für den Ausbildungsberuf des Versicherungskaufmannes. Keinen nahm ich an und entschied mich für eine schulische Ausbildung zum Informatikkaufmann. Wahrscheinlich, weil diese in Hannover in Vollzeit stattfand und ich so tagtäglich in der großen bunten rosa Welt weilen konnte.

Die Redewendung der rosa Welt animiert mich jedoch nun Ihnen mal einen realen Blick in diese Welt zu bieten.

Der Nullachtfuffzehnmensch malt sich natürlich schon spezielle Ereignisse aus, die in dieser Welt passieren. Und in gewisser Weise finden diese aufgemalten Ereignisse auch ihre Berechtigung. Aber glauben Sie mir, heute ist nichts mehr wie es früher mal war. So langsam wird unsere Szene von Metrosexuellen oder anderen zumindest homophob wirkenden Lebensformen, Verhaltensformen oder einfach nur visuellen Neuerungen untergraben. Diese „Verwischungen" betreffen nicht nur die schwule Szene sondern auf die Szene unserer „augenscheinlichen Leidensgenossinnen" den Lesben.

Dass Angela Merkel zum Beispiel im harten Politikgeschäft Hosenanzüge bevorzugt und jeder zweite Theaterschaffende, Lehrer oder Maler Glatze, Kapuzenpulli und Ohrring trägt, sagte über deren sexuelle Orientierung heute wohl eher weniger aus. Früher war es eindeutiges Erkennungszeichen an der freien Luft aber auch in diversen Etablissements gewesen. Es ist wohl einfach Mode oder Trend geworden. Es gehört heute zum Zugehörigkeits- oder Abgrenzungsritual, zur Selbstdefinition und wenn wir kleinen Schwulis Glück haben trifft man heute einen aus zehn der wirklich zu dem damaligen Kreis gehört, obwohl diese „Kleidungscodes" ursprünglich aus den schwulen und lesbischen Minderheitskulturen stammen. Wer sich von uns nun vergegenwärtigt, wie deren Lage noch in den 50iger Jahren aussah, die noch mit Kuppeleiparagraph und Strafbarkeit der Homosexualität sehr sehr schwierig war, der ahnt etwas vom Tempo des Wandels, der in der neuigkeitsbesoffenen und neugierigkeitsbekifften Marktwirtschaft und Gesellschaft auch aus ehemals verteufelten Minderheiten plötzlich Trendsetter macht. Um nun noch dazu zu erklären wie Moden, Zeichen, Verhaltensweisen einer zunächst ausgegrenzten Gruppe ach so plötzlich mehrheitsfähig und mehrheitschic werden, bräuchte man erstmal ein theoretisches Konzept. Ein praktisches habe ich übrigens nach langem Nachdenken immer noch nicht gefunden.

Das einzige theoretische Konzept, die einzige theoretische Antwort auf dieses „Verkleidungsfest" kann nur in dem allgemeinen Verweis liegen, dass die Ideen der Subkultur von den Etablierten schon immer schwammartig aufgesogen wurden. Zudem wurden sie in aller Regel integriert oder sogar (wie es heute ständig passiert) kommerzialisiert werden.

Ich frage mich immer, was da eigentlich integriert und angenommen wurde?

Und noch viel interessanter könnte die Antwort sein, warum es übernommen und integriert wurde. Immer mehr Männer benutzen heutzutage immer mehr weibliche Codes und Erscheinungsweisen. Die Resultatantwort müsste dann eigentlich sein, dass unsere Gesellschaft immer schwuler geworden ist. Die Gegner meiner „Theorie" behaupten wohl jetzt eher, dass die Gesellschaft nur liberaler geworden ist. Diese Theorie nehme ich einfach mal an...

Andernfalls könnte ich auch behaupten, dass der Umgang mit solchen Zeichen auch ein großer Joke sein könnte. Genauso wie man DDR-Nostalgieparties veranstaltet, genauso wie man Ü30 Parties veranstaltet, genauso wie man Kriegsspielchen im Wald veranstaltet.

Die Möglichkeit der Unterscheidungen wird also heutzutage immer schwieriger. Erinnern wir uns nur an Marlon Brando, der damals (vielleicht heute nicht mehr) zu einem Idol der Schwulenbewegung avancierte. David Beckham, den ich nur als Ikone der Metrosexuellen bezeichne oder Madonna, die mittlerweile Patronin aller öffentlich küssenden Lesben geworden ist.

Die letzteren Beiden sind wohl als Erstschuldige an dem metrosexuellen Desaster zu bezeichnen.

Andererseits könnte man ja auch behaupten, dass wir schwule Dinge aus der Vergangenheit übernommen haben. Festzustellen ist, dass man nicht schwul oder lesbisch sein muss, um zum Protagonisten einer Bewegung oder Lebenseinstellung aufzusteigen.

Um noch einmal kurz zu Marlon zurückzukehren: Der wirkte in seinen frühen Jahren eigentlich relativ maskulin. Im Film „The Wild One" trug er durchgehend weiße T-Shirts, die weißer waren als weiß. Einige Jahre später war das weiße T-Shirt und die weiße Jeans unser Erkennungszeichen. Da sieht man also wieder andererseits, dass auch wir adaptierten.

David Beckham hingegen ist ein international berühmter Fußballspieler. So nebenbei ist er auch noch mit Viktoria Beckham verheiratet und auch noch Familienvater.

David ist wohl der beste Mix aus hetero- und homosexuellen Attributen. Da fängt bei der Pferdeschwanzfrisur an. Danach trägt er mal Glatze oder hat eine Haarverlängerung. Vom Färben bei ihm möchte ich erst gar nicht schreiben.

Teure Klunker lassen ihn zusätzlich für Männer und Frauen gleichzeitig geil aussehen. Alles nur ein Marketinggag?

Frau Madonna ist wie wir ja alle wissen eindeutig hetero fixiert. Die schwule „Gemeinde" vergöttert sie trotzdem. Mir hat sie eigentlich nie so gefallen. Trotzdem hat es Frau Madonna nicht verpassen können bei irgendeiner Verleihung eines Musikpreises die Zunge tief in Britney Spears zu versenken. Und alle Frauen, die ein wenig hipper waren als die gradlinigen Dorfdamen haben fleißig mitgemacht.

Liebe Leserinnen und Leser, liebe Freundinnen und Freunde ich glaub, da haben wir es wieder!!!

Halte ich einfach mal so fest, dass es die Stars und Sternchen sind, die Trends festsetzen. Oder sind sie vielleicht nur Ausführende eines viel viel tiefer liegenden breiten Bedürfnisses?

In den Zeiten großer Verunsicherung darüber, was denn eigentlich die eigene Geschlechtsrolle sei, ist das Androgyne wieder gefragt.
STOPP! Liebe Leserinnen und Leser, liebe Freundinnen und Freunde. Es ist kurz für ein Intermezzo des

„ERKLÄRBÄREN"!

Androgynie bedeutet die Vereinigung von weiblichen und männlichen Merkmalen. Viele Unkundige bezeichnen Androgynie fälschlicherweise als Zwitterhaftigkeit. Jeder weiß, dass das biologisch nicht korrekt ist.
Umgangssprachlich werden Menschen, welche sich bewusst als nicht geschlechtlich zugeordnet darstellen oder anderen Menschen so erscheinen, als androgyn bezeichnet. In der tiefen Lehre können schwach ausgebildete oder gar nicht vorhandene Geschlechtsorgane für diese Einschätzung verantwortlich sein.
Kleidungswahl und Verhalten können jedoch auch als androgyn ausgelegt werden.
Ich muss wohl den Namen Bill Kaulitz nicht weiter hier erwähnen.

Also schnell zurück zum Thema:

Mick Jagger war wohl der Anfang dieser androgynen Einschätzungen, der vor allem in der Mode mit den Versatzstücken männlicher und weiblicher Identität spielte.

Aber hinter den sieben Bergen bei den sieben Zwergen, da gibt und gab es jemanden, der kann damit noch viel viel mehr und viel viel besser spielen als er:

Wir, die Schwulen!

Liebe Leserinnen und Leser, liebe Freundinnen und Freunde! Ich glaube an dieser Stelle wird es Zeit, dass ich wieder dahin zurückkehre, wo ich vor einigen Seiten war. Ich war nämlich mitten in meinem kleinen lügenbehafteten und dazu noch bitteren Leben stehen geblieben. Genauer gesagt bei meiner Ausbildung zum Informatikkaufmann in Hannover.

Die Ausbildung forderte mich inhaltlich jedoch nicht großartig heraus. Aufgrund meines bereits aus dem Studium erworbenen kaufmännischen Wissens schrieb ich jede Arbeit eins. Im Fach Englisch war es aufgrund des Sprachendiploms ebenso. Bei Klassenarbeiten schrieb ich die meinigen so schnell, das ich spielend die Klassenarbeiten von Nachbarn auch noch eins schreiben konnte, weil die Lehrer dort sowieso nicht aufpassten. Die Ausbildungsteilnehmer in meiner Klasse waren ein wirklich locker zusammen gewürfelter Haufen. Vornehmlich wurden diese durch das Arbeitsamt bezahlt und kamen aus recht zerrütteten Verhältnissen. Ein Großteil zumindest. Die technisch versierten halfen mir dann in der Kategorie „Computer zusammen und auseinander bauen", denn für Technik und Handwerk hatte ich noch nie ein Händchen. Tunten und Technik. Tja, da haben wir es wieder liebe Leserinnen und Leser, liebe Freundinnen und Freunde.

Freundschaftlich fühlte ich mich eher zu den Damen in der Klasse hingezogen. Ein besonders herzliches und intimes (was mein Doppelleben anging) Verhältnis hegte ich zu Bettina. Bettina war sehr intelligent und sie sah am ersten Tag, dass ich vom anderen Ufer bin. Noch wusste sie nicht, dass ich ca. sechzig Kilometer weiter eine Frau zu Hause sitzen hatte. Was ich jedoch zu diesem Zeitpunkt nicht wusste: Bettina sollte maßgeblich an meinem Outing und meiner damit verbundenen Wiedergeburt beteiligt sein.

So vergingen die Tage, Wochen und Monate wie im Flug. Teilweise erschien ich eine Woche unentschuldigt nicht in der Schule. Ich hatte in meiner Ehe schließlich schon einen festen Freund kennengelernt, bei dem ich meist den ganzen Tag verbrachte und abends ganz normal nach Hause fuhr.

Er wusste, dass ich verheiratet war und er wusste ebenfalls, dass ich nicht mehr dahin gehöre, wo ich wohne. Diese Beziehung trieb ich sogar soweit, dass er bei mir zu Hause in Steinbergen zu Geburtstagsfeiern von mir eingeladen wurde. Er machte bei diesem perfekten Alibi mit. Zu dieser Zeit trieb ich mein Versteckspiel in den höchsten Tönen und keiner merkte irgendetwas in irgendeiner Form. Jeden Morgen frühstückten wir zusammen, er holte mich von der Schule ab, er brachte mich zum Zug, wir zogen gemeinsam durch Hannover. Ich war in meiner Welt bereits angekommen. Ich war nur noch nicht fest in ihr.

Ich lebte bereits, zumindest vom Praktischen eine homosexuelle Beziehung. Wir fühlten uns zueinander hingezogen. Alles in allem betrachtet, war es schon eine Beziehung. Diese Beziehung hat fast ein ganzes Jahr gehalten. Sie ging jedoch nicht zu Ende, weil er mein oder unser Versteckspiel satt hatte, sondern eher weil er etwas anderes vor die Flinte bekam. Es gab eben nun mal Dinge die ich aus dem Schloss der Königin der Fernbedienungen nicht ständig überwachen konnte. Wie denn auch? So gut funktionierte mein Kartenhaus der Lügen, Intrigen und Versteckspiele nun doch nicht. So wurde ich durch ein jüngeres und wohl auch sexuell leistungsfähigeres Objekt ersetzt.

Meine Leserinnen und Leser, liebe Freundinnen und Freunde: So ist das in unseren Kreisen. Wenn Sie es bis jetzt noch nicht wussten, dann wissen Sie es jetzt. Eine homosexuelle Beziehung rafft es in aller Regel wegen Untreue schneller dahin als eine heterosexuelle

Beziehung. Vielleicht liegt das daran, dass die Messlatte für Werte wie Treue doch nicht allzu hoch gelegt ist. Und somit fällt eben diese Latte recht schnell zu Boden. Diese erste große Trennung gestaltete sich, was meinen Gefühlszustand in den ersten Wochen danach anging, für mich sehr schwierig. Ich war sehr traurig und missgelaunt. Dazu kam, dass Tanja von all meinen Nöten der dahin gestorbenen Beziehung nichts wissen durfte und ich (wenn ich genauer nachdenke) auch keinen hatte, bei dem ich meinen innerlichen Liebeskummer loswerden konnte. Dazu kam ein immer mehr und mehr werdendes unstetes Verhalten auf dem Feld der weiterbildungstechnischen Art:

Meine schulischen Aktivitäten rissen von Tag zu Tag mehr ein. Teilweise fehlte ich drei Wochen am Stück, was die Schule veranlasste mich privat schriftlich aufzufordern, endlich mal wieder zu erscheinen. Diesen Brief konnte ich zufällig abfangen, weil Tanja einen Tag mit der Königin der Fernbedienungen zum Arzt am frühen Morgen musste. Was ich leider nicht abwenden konnte war folgendes:

Am Abend des 27. Januar 2002 klingelte das Telefon bei uns zu Hause. Es war Bettina, die in Sorge war, wo ich denn abgeblieben sei. Zunächst ging ich ans Telefon. Leider wurde Tanja neugierig, wer denn da so

Interessantes dran sei. Sie riss mir den Telefonhörer aus der Hand und die Wahrheit kam ans Licht.

Alles was danach kam, war wie ein Alptraum:

Gewiss, es ist für eine Frau, nach fast 13 Ehejahren bestimmt nicht erfreulich zu erfahren, dass ihr Mann schwul ist, aber ich konnte nun nicht mehr anders als die Wahrheit zu sagen.

Heute verstehe ich, dass ihre Reaktion in den Minuten und Stunden danach völlig gerechtfertigt war.

Es blieb ihr nichts anderes übrig, als meinen Schwiegervater, die Königin der Fernbedienungen und meinen Schwager in dieses gesamte Durcheinander zu konsultieren. Die gesamte Schwulenhassermafia. Die Personen, die immer Witze und Hetzparolen gegen Schwule machten standen nun vor mir. Sie standen derjenigen Klientel von Auge zu Auge gegenüber. Die Worte dieses Abends kann ich einfach nicht mehr schriftlich wiedergeben. Die Königin der Fernbedienungen war nur noch am zetern. Tanja nur noch am weinen und mein Schwiegervater hat mir eine geknallt. Diese Reaktion konnte ich jedoch auch verstehen. Mein dummer Schwager tröstete in dem ganzen Durcheinander meine Frau.

Die wörtlichen Reaktionen überschlugen sich. Tanja entschied sich in diesem Moment, alle „Teilnehmer" dieser Weltuntergangssoirée nach unten zu schicken. Wir saßen alleine im Wohnzimmer und schwiegen.

Wir mussten sprechen. Wir haben gesprochen. Und an dieser Stelle haben wir unsere Trennung beschlossen. Ich weiß noch heute, dass dieser schnelle Entschluss für sie in diesem Moment sehr sehr schwierig gewesen sein muss. Wir riefen bei meinen Eltern an, die circa 10 Kilometer entfernt wohnten und meine Mutter setzte sich ins Auto und holte mich. Ich hatte noch Zeit in der Schnelle der Zeit meine sieben nötigsten Sachen zu packen. Was ich hier schreibe, ist im Kurzen die Geschichte, die ich jedem so erzähle wenn er oder sie danach fragt. Im Auto sagte mir meine Mutter: „Jörg, du bist immer noch unser Sohn. Ich habe es immer gewusst!"

Es war genau 17:21 Uhr. Komisch, dass ich mir diese Zeit seitdem merken kann...

Die fünf Wörter meiner Mutter sind mir heute immer noch in meinen Ohren. Einerseits in einer Form von Beruhigung, andererseits stellt sich immer wieder die Frage, warum die die es gewusst oder geahnt haben im Vorfeld nichts taten. Antworten wird man wohl kaum finden. Vielleicht war meine Mutter in diesem Thema auch schon traumatisiert. Gut eine Woche vorher hatte sich meine kleine Schwester bei ihr geoutet, dass sie mit Susanne zusammen ist. Viele sagen: „Diese Eltern haben aber wohl doppelt in die Scheiße gegriffen."

Bei diesem Satz sei schon mal die Einstellung dieser Leute gegen Andersdenkende festgelegt.

Fest steht, das wir alle Menschen sind, und das wir alle schließlich so sein sollen, wie wir es wollen, wie wir uns wohlfühlen. Schließlich schreibe ich ja auch nicht jedem die Heterosexualität vor.

Ein wichtiges Element habe ich aus dem Abend des 27. Januar jedoch mitgenommen:

Meine Freiheit!!!

Ich habe mich fast zwanzig Jahre selber gefangen gehalten. Das ist so, als wenn Sie sich zwanzig Jahre im eigenen Keller fest ketten und nicht weglaufen können. Das ist so, als wenn Sie all Ihre Vorlieben und Gefühle unterdrücken müssen.

Das ist so, als wenn Sie laufen wollen und jemand hält Sie fest und Sie können es einfach nicht.

Das ist so, als wenn man Ihnen die Stimmbänder durchschneidet und Sie nie wieder sprechen können.

Das ist so, als wenn man Ihnen alle Freuden am Leben, alle Highlights nimmt.

Das ist so, als wenn Sie fremdbestimmt werden.

Vor mir lag ein neues Leben. Ein Leben in dem ich endlich das sein konnte, was ich immer sein wollte. Vom ersten Tag an. Vor mir lag die Freiheit. Am 19. August ist mein Geburtstag. Für viele ist so ein Tag ein wichtiger Tag. Viele feiern diesen Tag. Für mich wurde dieser Tag von Jahr zu Jahr bedeutungsloser. In der

Zeit meiner Ehe wartete ich jeden Tag auf meine „Wiedergeburt". In der Zeit nach meiner Ehe begehe ich diesen Tag wie einen Geburtstag. Noch heute mache ich es noch so. Auf keinen Fall öffentlich für die Welt für mich herum. Einfach so in mir drin. Es ist für mich die größte Feier im Jahr. Es ist für mich der Tag meines Lebens. Ein Tag an den ich mich erinnern werde, bis ich die Augen zukneifen werde. Ein Tag an dem ich mir das schönste Geschenk gemacht habe, was man sich nur machen kann.

Aber nicht nur ich habe mir ein Geschenk gemacht. Im Nachhinein erfuhr ich und fühlte ich, dass ich auch meiner Frau Tanja ein Geschenk gemacht hatte.

Ich hatte nicht nur mir die Freiheit gegeben, sondern auch ihr. Unsere Scheidung verlief sehr langwierig. Leider konnten wir beide an der ganzen Prozedur nichts beschleunigen. Da ich nach Hannover zog und vorher bei meinen Eltern lebte, hatte ich ständig wechselnde Wohnorte. Gleiches war bei meiner Frau, die bald danach nach Darmstadt zog. Die Zuständigkeit der Familiengerichte änderte sich immer und immer wieder.

Bis sich dann das Amtsgericht Hannover zuständig zeigte. Meine Rechtsanwältin in Hannover sagte nach der Scheidung zu mir: „Herr Meyer, das war die kostenmäßig günstigste Scheidung, die ich jemals in meiner Anwaltskarriere durchgeführt habe."

War es ja auch. Der Streitwert war nicht zu hoch. Ich überließ Tanja alles was wir gemeinsam erwirtschaftet hatten. Ich überließ ihr das Auto und alle Möbel. Das einzige was ich mitnahm waren meine gesamten Kleidungsstücke und ein paar persönliche Erinnerungsstücke. Heute besitze ich so gut wie nichts mehr aus dieser Zeit, außer einer Kiste mit Fotos, die ich am liebsten vernichten würden, wenn sie mein Mann nicht immer vor mir verstecken würde. Ich habe alles gegeben was wir gemeinsam hatten. Nur das Wertvollste habe ich bekommen und erhalten: Die Freiheit die ich so lange ersehnt hatte. Es war das Wertvollste an der gesamten Angelegenheit.

Ich nahm mir eine kleine Wohnung in Hannover und Tanja besuchte mich ein paar Mal und brachte mir noch das ein oder andere Stück, was ich vergessen hatte oder was sie gefunden hatte. Wir konnten auch langsam anfangen über die vergangene Zeit zu reden. Viele Dinge konnten endlich ans Licht geraten. Sie konnte mir über die jahrelangen sexuellen Entbehrungen ihrerseits berichten. Und ich übrigens etwas zögernd auch. Sie hatte schnell einen neuen Freund gefunden. Sie zog in die Nähe von Darmstadt. Weg von der Königin der Fernbedienungen, weg vom Schwiegervater, weg von ihrem eigenen Bruder. Sie hatte auch ein neues Leben gefunden. Sie hatte jetzt auch endlich den Sex, den sie wollte und auch brauchte. Mit meinem Verhalten habe ich nicht nur sie kurz gehalten, sondern auch mich. Letztendlich habe ich sogar zwei Leben zerstört. Meines in der Ehe und auch ihres in der Ehe. Wir beide sind zu neuen Ufern aufgebrochen. Ich zum anderen und sie ist an ihrem Ufer geblieben.

Tja, liebe Leserinnen und Leser, liebe Freundinnen und Freunde, das war doch jetzt mal ein schönes Wortspiel. Eine Paronomasie wie der Germanistikwissenschaftler so zu sagen pflegt.

Spaß beiseite. Heute hat jeder seinen Hafen gefunden an dem er seinen Anker herunter gelassen hat.

Von hier schaue ich heute zum ersten Mal öffentlich mit meinen Gedanken auf die, die meine Neigung als abartig sahen. Vor hier schaue ich heute zum ersten Mal öffentlich mit meinen Gedanken auf die, die Andersdenkende öffentlich diffarmieren, beschimpfen und diskreditieren. Von hier schaue ich heute zum ersten Mal öffentlich mit meinen Worten zu Euch und sage Euch folgendes:

Ihr habt an so vielen Biertischen
Euch lustig gemacht über uns.
Ihr habt uns dargestellt als wären wir nicht von dieser Welt.
Ihr habt uns benutzt für Eure Witze damit Ihr in geselligen Runden den großen Honka spielen konntet.

Ihr habt Euch auf unsere Kosten Ansehen im Freundes-
und Bekanntenkreis erhascht.
Das hat euch Punkte gegeben.
Punkte in der A-Note.
Die A-Note wird auch Arschloch-Note genannt.
Auch in der B-Note gab es gute Punkte.
Die B-Note wird nämlich Besserwisser-Note genannt.
Die B-Note wird aber auch noch anders genannt.
Ich nenne sie immer gerne die Bisexuellen-Note.
Ihr, ja Ihr die Ihr Euch jetzt angesprochen fühlt:
Ihr seid es die heimlich mit dem gleichen Geschlecht in
die Kiste springen.
Ihr macht es im Wald.
Ihr macht es im Büro.
Ihr macht es im Pornokino.
Ihr macht es so wie ich es gemacht habe.
Nur ich hab meinen Weg gefunden.
Wenn auch spät hab ich bekommen was ich wollte.
Ich habe eingesehen, dass ich mich betrüge.
Ich habe eingesehen, dass ich SIE betrüge.
Ich habe eingesehen, dass ich die Menschen um mich
herum betrüge.
Ich habe gehandelt und dem ein Ende gesetzt.
Ihr noch nicht. Ihr kommt noch brav nach Hause.
Von der anderen!
Von dem anderen!
Vom Spielsalon!

Aus der Kneipe in dem Ihr heimlich Eure Schnäpse kippt!
Aus dem Pornokino!
Ihr kommt einfach nach Hause und Ihr macht so, als ob nichts war.
Das ist Euer leichtester Weg.
Aber dieser Weg wird immer schwieriger werden.
Ich verspreche es Euch!
Jeden Tag ein bisschen mehr!
Jeden Tag eine Lüge mehr!
Jeden Tag werdet Ihr Euch ein Stückchen mehr herausnehmen!
Jeden Tag werdet Ihr einen Schritt weiter gehen!
Jeden Tag steuert Euer Boot immer mehr und mehr ins Nichts!
Aber es macht Euch nichts aus!
Ihr macht weiter und werdet so weitermachen um Euren gesellschaftlichen Status nicht zu verlieren!
Schließlich macht Euch das Ansehen was Ihr in der realen Welt habt auch noch geil.
Deswegen wird die Jury in der B-Note für Euch folgendermaßen abstimmen:

NULL PUNKTE! GANZ ALLEIN FÜR EUCH!!!

Ein letzter Gruß an meine Ex-Schwiegerfamilie.

Ihr in eurer langweiligen Welt.
Ein Ex-Schwiegervater der von Tag zu Tag mehr in
seinem Alkoholkellerchen versinkt, weil er auch
gefangen ist.
Eine Ex-Schwiegermutter die von Tag zu Tag mehr in
ihrem Fernsehsessel versinkt, weil er durchgesessen ist.
Ein Ex-Schwager der in seiner kleinen heterosexuellen
Welt gefangen ist.
Was dir übrigblieb und was du errungen hast ist nur die
Ehe mit der Frau eines Selbstmörders.
Welch Errungenschaft!
Du glücklicher!
Eure Welt war, ist und wird langweilig sein.

0815

Diese vier Zahlen werden eure weitere Zeit begleiten.
Wenn es diese Zahl als Hausnummer geben würde,
dann hättet Ihr sie bestimmt schon an Euer Haus
genagelt.
Wenn man diese Zahl als Nummer in den Rasen hinein
mähen könnte, dann hättet Ihr es bestimmt schon getan.
Wenn man diese Zahl als Nummer eintätowieren
lassen könnte, dann hätten Deutschlands Tattoostudios
eine Menge zu tun!
Meine Abrechnung ist, das ich Euch das vorwerfe, was
Ihr mir umgekehrt vorgeworfen habt.
Das ist und kann doch nur ausgleichende Gerechtigkeit
sein.

Meine Genugtuung für Euer weiteres langweiliges
Leben.
Bei Euch in Eurem Dorf, ja Ihr wisst es vielleicht nicht,
ja Ihr wollt es vielleicht gar nicht wissen.
Da schmort es so oft hinter Euren Fenstern und
Klingelschildern!!!

Liebe Leserinnen und Leser, liebe Freundinnen und
Freunde. Das Gedicht klingt innerlich schon stark nach
einer Abrechnung mit all denen, die mir weh getan
haben, die sich lustig gemacht haben oder die die
vielleicht auch stolz darauf waren sich mit einem zu
zeigen oder einen wie mich zu kennen.

Ich schreibe hier jedoch nicht nur über mich. Intoleranz
fand oder findet nicht nur in der kleinen Welt des Jörg
Jahn-Meyer statt. Sie fand und findet leider auch in der
Welt der vielen vielen Andersdenkenden und
Andersfühlenden statt. Der subjektiv Denkende erstellt
in aller Regel seine Meinung aus einem Mix der aus
geschichtlichen Überlieferungen, gemalten
Hetzjagdüberlieferungen aus einer noch nicht allzu
fernen Zeit und einer Mainstream-Einstellung.

Leider denkt er und auch sie nicht daran, dass hinter
jeder Lebensform sei sie sexuell anders, sei sie anders im
Lebensstil oder sei sie anders aus sozialen Gründen ein
Mensch steht. Dieser Mensch ist wie jeder andere

Mensch auch nur aus Fleisch und Blut gemacht. Er hat Haare auf dem Kopf, er sieht genauso aus wie die anderen, er trägt genauso mit all seinen Leistungen und Nichtleistungen zum Wohle aber auch zu Missgeschick unserer Gesellschaft bei. Er trägt annähernd die gleiche Kleidung und er bewegt sich auch annähernd gleich in der Gesellschaft. Und er hat noch etwas, was die anderen mehr und manchmal minder haben: Er hat ein Herz! Ein Herz das schlägt und fühlt. Das Herz ist wohl das leistungsfähigste Organ in unserem Körper. Es treibt alles an. Ohne das Herz funktioniert nichts.

Schwule, Lesben, Transsexuelle sind also genauso Menschen wie jeder andere auch. Damals war die Gesellschaft noch nicht soweit, dass sie die Augen öffnen konnte. Heute ist die Gesellschaft schon ein merkliches Stück weiter. Aber auch nur ein merkliches Stück, denn in der Realität sieht es heute immer noch nicht so himmelblau aus, wie man es sich wünschen würde:

Das Ziel ist schwer zu erreichen. Die Politik macht schon mit. Sie hat ein Gesetz entworfen, welches Diskriminierung eindämmt. Wege des Umschiffens dieses Gesetzes gibt es jedoch genug.

Während sich die Politik und die Gesellschaft langsam öffnen, verschließt sich jedoch eine Institution immer mehr.

Die katholische Kirche. Auf der einen Seite fungiert die katholische Kirche als ideales Biotop für schwule Neigungen in ihrer allerfeinsten Praxis.

Dieses fand übrigens die Theologin Uta Ranke-Heinemann vor Jahren schon heraus.

Die schon in die Jahre gekommene Dame hat mit ihrer Deutung wohl recht. Es vergeht kein Jahr in dem nicht irgendwo ein Verdacht auftaucht, dass sich ein katholischer Priester, Pfarrer, Bischof oder Kardinal an einen seiner Messdiener vergreift. Die katholische Kirche kehrt diese Ereignisse nur allzu gern unter den Teppich.

Die katholische Kirche meint doch tatsächlich, dass homosexuelle Akte als schwere Sünden zu betrachten sind. Meines Erachtens und Wissens müsste der kirchenleitende Wasserkopf dieser Religion gesamt im Fegefeuer landen müssen. Je mehr ich über dieses Thema schreibe, je mehr ich darüber nachdenke oder je mehr ich mit anderen darüber diskutiere, desto mehr ärgere ich mich nur darüber. Deswegen sollte ich so langsam mal wieder zum Thema zurück kommen.

Wenn ich heutzutage abends vor meinem Computer sitze und so durch die Gegend surfe, dann schaue ich immer mal gerne in die Zeit zurück in der ich so lange lebte und in der ich mich so lange Zeit versteckte. Das Internet macht es möglich. Man kann die Seite besuchen wo der Ex-Schwiegervater und die Königin der Fernbedienungen im Gesangverein aktiv sind. Alles ist noch so wie es damals war. Man sieht keinen Fortschritt. Man sieht keine Neuerungen. Es ist als wenn die Zeit zwölf Jahre lang stehen geblieben wäre.

Man kann die Internetseite der freiwilligen Feuerwehr des Kraftfahrzeugmechanikers besuchen und stellt fest, dass sich auch dort nichts an der einzelnen Person bzw. an dem Umfeld der genannten Person getan hat.

Das ist so wie im Kinofilm „Und ewig grüßt das Murmeltier", wo jeder Tag gleich verläuft.

In meinem ersten Buch schrieb ich am Ende darüber, dass man alle 86.400 Sekunden des Tages nutzen sollte. Ob man sie tagtäglich wiederholen sollte halte ich als äußerst fragwürdig...